FABLES

LITTERAIRES.

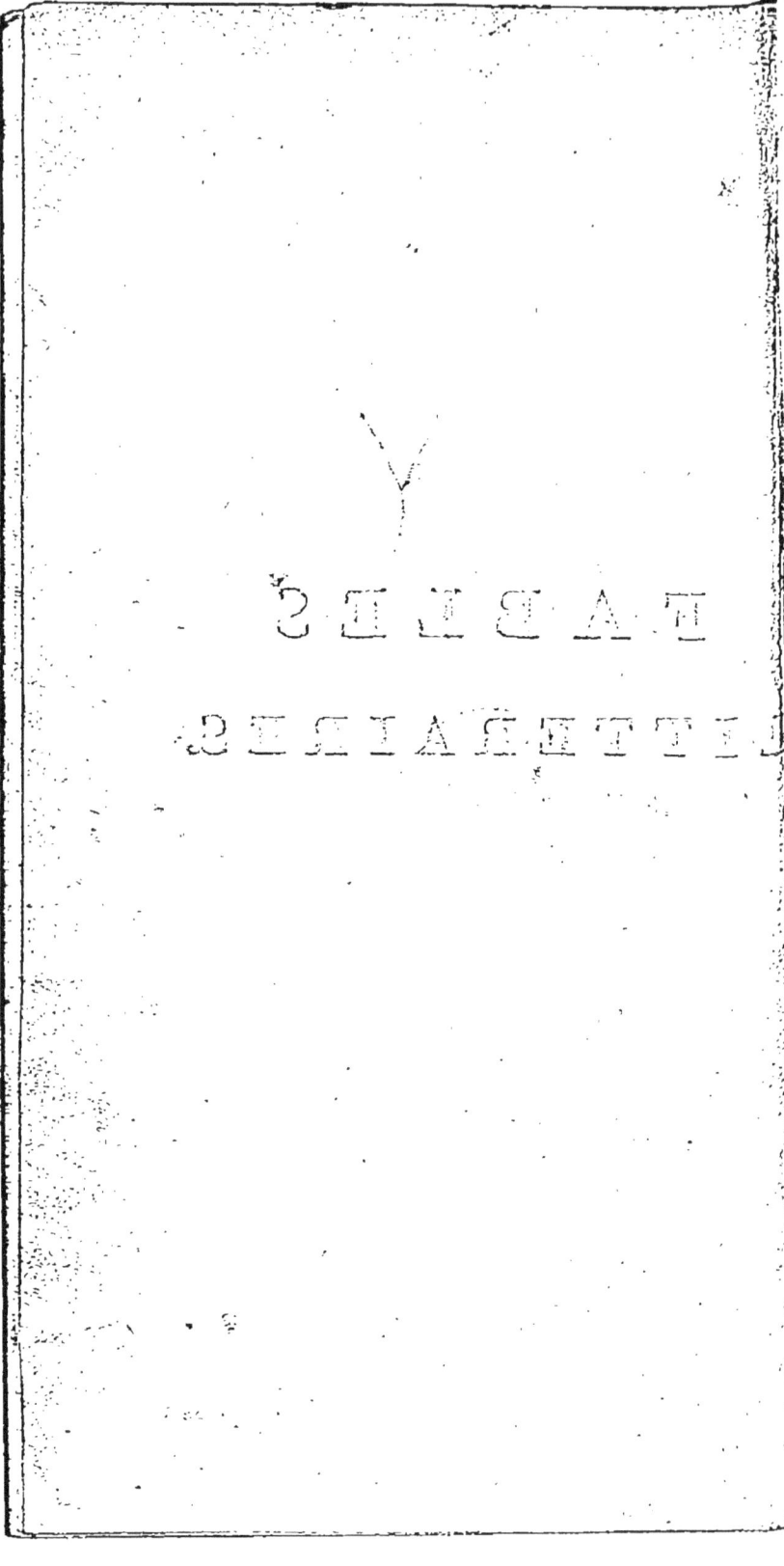

FABLES

LITTÉRAIRES

D'YRIARTE,

POËTE ESPAGNOL;

TRADUITES

EN VERS FRANÇAIS,

Par J. B. LaNos.

A PARIS,

Chez DESENNE, Libraire, Palais Egalité.

AN IX.

TRADUCTION

DES FABLES

D'YRIARTÉ,

POÈTE ESPAGNOL.

PRÉFACE.

IL existe, relativement aux Fables
ésopéennes, deux préjugés si générale-
ment reçus, qu'ils font tomber la plume
des mains.

Le premier est : qu'Esope le Phrygien
est le même que Pilpay l'Indien ; Pilpay,
même que Lokman le Persan ; Lokman,
même que Akkim l'Arabe ; Akkim, le
même que Hacam le Phénicien ; et que

a

tous cinq sont un seul et même individu
sous des noms divers qui ne sont que des
traductions du premier. Cela posé, on
pense que les apologues inventés par lui
(ou par eux) sont exclusivement les
meilleurs, non-seulement parce qu'on les
regarde comme les plus ingénieux pos-
sibles, mais parce qu'on croit en même
temps qu'ils fournissent toutes les maximes
nécessaires à la conduite des hommes.

Le second préjugé est fondé sur ce que
Phèdre et la Lafontaine se sont emparés
de ces sujets, et les ont traités, chacun
suivant son génie particulier; l'un avec
laconisme et pureté. *Si non ingenium,
brevitatem lauda*, disoit Phèdre; l'autre
avec abondance et graces. *Diversité
c'est ma devise*, a dit Lafontaine. On
en conclut que tous deux ayant porté
l'art de l'apologue au plus haut degré,
il y a de la témérité à vouloir joûter
avec eux.

Si ces deux assertions étoient vraies,
nous n'aurions pas vu applaudir au com-

rage de beaucoup de nouveaux fabulistes qui souvent se sont élevés au niveau des premiers, soit par le génie de l'invention, soit par le génie de l'expression; nous ne jouirions pas de ces charmantes Fables dont le recueil (*le Fablier Français*) eût pu être beaucoup plus considérable encore; les Etrangers ne nous en auroient pas fourni un grand nombre assez intéressantes, pour que nous nous soyions plû à les faire passer dans notre langue. Enfin Yriarté, Espagnol, n'eût pas créé celles dont je donne aujourd'hui la traduction, comme une réfutation plus forte que celle qui résulteroit de toute discussion sur les préjugés contre les nouveaux fabulistes.

Ce seroit sans doute ici l'occasion de placer les éloges que mérite ce poëte, et que les Espagnols lui ont accordés; mais je préfère qu'il les obtienne du Lecteur. Pour moi, en particulier, l'avoir traduit, c'est l'avoir loué. J'expliquerai bientôt la manière dont je l'ai fait; mais avant je ne puis me dispenser de dire quelques mots, non sur ses sujets tous de son invention, non sur son style qui lui est également propre, mais sur la nouveauté du genre de morale qu'il a su tirer de ses Fables. Si dans les deux premières parties de son talent, il est vraiment original, c'est sur-tout dans la troisième qu'il sera reconnu avoir été sans modèle comme il est encore sans imitateur. Il a intitulé sa collection : *Fables Littéraires*, parce qu'au lieu d'en tirer des maximes propres à rectifier les mœurs, il a imaginé d'en faire sortir les préceptes propres à rectifier le goût de ceux qui se proposent d'écrire. Son volume, quoique rassemblant des sujets divers, forme un ensemble, un tout qu'on peut regarder comme une espèce d'art poétique, et en même-temps comme un traité de critique mis en fables. Il en résulte que son ouvrage doit être justement regardé comme classique. Pourra-t-on, d'après cela, me désapprouver de

l'avoir traduit aussi d'une manière classique? Je ne le crois pas. Si cependant
je rencontrois quelque lecteur un peu
trop sévère, j'ose espérer que les ré-
flexions suivantes m'obtiendront de lui
non-seulement grace, mais même faveur.

Grace d'abord, vu le travail aride et
fastidieux d'un genre de traduction qui
commande sévèrement le sacrifice de
toute imagination, c'est-à-dire de tout
amour-propre. Je ne me suis jamais permis de rien ajouter ni de rien innover,
quand même j'eusse pu me flatter qu'il
en eût résulté certain agrément. Je l'af-
firme : on ne lira point dans mes Fables
une seule pensée qui ne soit dans les fables
d'Yriarté; ou, si l'on y en rencontre,
elles sont en petit nombre, exprimées en
peu de mots, et toujours employées à
développer et à renforcer le sens même
de l'Auteur. Il seroit presque ridicule
d'ajouter que j'ai rendu toutes ses idées;
mais il ne l'est pas de faire remarquer
que je les ai rendues presque toujours

a 3

avec un tour semblable et souvent avec
une espèce de vers correspondante à
ceux de l'original; de sorte que ce n'est
point ici le *verbum verbo* réprouvé par
Horace, ce grand législateur des belles-
lettres. Non : ce n'est pas le mot-à-mot
des mots, si je puis le dire ainsi, mais
bien le mot-à-mot des idées et du faire
qui caractérise l'inventeur.

Quant à la faveur à laquelle j'aspire
encore, qu'il me soit permis de m'attendre à partager celle accordée à Yriarté.
Il l'a méritée par tant de raisons ! Moi, je
ne ferai valoir en ma considération que
l'utilité de son ouvrage; car, je le sens,
le mien n'ayant pas le mérite de l'invention, ne peut obtenir des suffrages que
relativement à son exactitude. Elle est si
rigoureuse, que je me crois autorisé à lui
supposer le mérite d'un portrait dessiné,
il est vrai, au seul trait, mais pur et res-
semblant à un beau modèle. Ne puis-je
pas penser conséquemment que ni l'original ni la traduction ne seront point

confondus dans la foule de ces productions appellées *Litteræ nil sanantes?*

———————

Nota. Tout ce que j'ai dit ici sur ce genre de ma traduction d'Yriarté, sera entièrement applicable à la traduction de Phèdre, que je me propose de faire imprimer dans quelque temps, et quand j'aurai eu celui de mettre à profit plusieurs sages observations des maîtres que je me suis fait un devoir de consulter.

◄◄◙►►◄◄◙►►

LE TOURNEUR, LE SÇAVANT,
ET L'ÉCOLIER.

FABLE.

Dans sa boutique ouverte, un tourneur travailloit,
Et chacun, en passant, de le regarder faire,
  De dire tout ce qu'il vouloit,
  Sur son talent très − ordinaire.
Un jour, qu'on veut sçavoir ce qu'il alloit tourner :
  — Je vous le donne à deviner,
  Dit-il ; rien de plus simple au monde,
= Ah ! par trop simple aussi, lui réplique un sçavant,
Au seul préparatif, je vois..... puis il le gronde :
Mais le tourneur, non détourné, tournant :
— Que croyez-vous ? Nommez-le..... Est trop
                    hardi qui fronde
Ce qu'il ne connoît pas. = C'est une chose ronde,
  De tous les ouvrages du tour,
  Le plus commun, le plus facile ;
  C'est quelqu'objet vraiment futile
  E tout uni comme bon jour.
  — Oui : mais son nom ? il faut le dire,
  Pour justifier la satyre.
L'amateur dédaigneux n'ajouta pas un mot.

Lors un enfant du voisinage
Dit : = Je sçais ce que c'est..... ce doit être un
sabot.
Tournez-le bien, tournez. Pour moi, tantôt, je gage
Le faire, à coups de fouet, tourner bien davantage.
— Vous vous trompez, mon cher enfant ;
Mais votre âge vous sert d'excuse.
Vous méritez que je vous désabuse.
Suivez mon travail un instant,
Et mon œil et ma main, tous deux d'intelligence
Avec mon pied réglé, qui presse et qui balance
Un élastique et docile ressort ;
Termineront bientôt l'ouvrage qui commence.....
Ah ! le voilà fini..... = J'avois aussi grand tort,
Dit alors le Docteur redevenu plus sage ;
C'est un fuseau, mon fils ! du plus fréquent usage,
Instrument nécessaire et le premier de l'art.
De la leçon, qu'ici je reçois à mon âge,
Prenez, mon ami, votre part.

Oui : l'ouvrier vraiment habile
Est celui dont l'ouvrage à tous doit être utile.

FABULAS LITERARIAS.

PROLOGO.

FABULA PRIMERA.

EL ELEFANTE Y OSTROS ANIMALES.

Allá en tiempo de entónces,
Y en tierras mui remotas,
Quando hablaban los Brutos
Su cierta gerigonza,
Notó el sabio Elefante
Que entre ellos era moda
Incurrir en abusos
Dignos de gran reforma.
Afeárselos quiere;
Y á este fin los convoca.
Hace una reverencia
A tódos con la trompa;
Y empieza á persuadirlos
En una arenga docta
Que para aquel intento
Estudió de memoria.
Abominando estuvo
Por mas de un quarto de hora
Mil ridículas faltas,
Mil costumbres viciosas :

FABLES LITTERAIRES.

PROLOGUE.

FABLE Iʳᵉ.

L'ÉLÉPHANT ET LES ANIMAUX.

Dans ce temps, dans ces lieux dont on a la
mémoire,
Et que, sans les fixer, on se plaît tant à croire ;
Quand les bêtes avoient, entr'elles, leurs jargons,
Le prudent Eléphant leur trouva des caprices,
Des défauts, des travers et même tous les vices.
Il lui parut urgent de réprimer leurs tons
Par de sages leçons.
Un jour, il les rassemble,
Pour leur dire ce qui lui semble
Odieux dans leurs actions.
D'abord, il les salue avec un tour de trompe ;
Il leur prononce après, d'un ton plein de chaleur,
Et sans que d'un mot il se trompe,
Un discours qu'il savoit par cœur.
Pendant plus d'un quart-d'heure, armé de l'éloquence,
Tour-à-tour, il combat toute affectation

a 6

La nociva pereza,
La afectada bambolla,
La arrogante igorancia,
La envidia maliciosa.
　　Gustosos en extremo,
Y abriendo tanta boca,
Sus consejos oían
Múchos de aquella tropa :
El Cordero innocente,
La siempre fiel Paloma,
El leal Perdiguero,
La Abeja artificiosa,
El Caballo obediente,
La Hormiga afanadora,
El hábil Xilguerillo,
La simple Mariposa.
　　Pero del auditorio
Otra porcion no corta,
Ofendida, no pudo
Sufrir tanta parola.
El Tigre, el rapaz Lobo
Contra el Censor se enojan,
¡Qué de injurias vomita
La Sierpe venenosa!
Murmuran por lo baxo,
Zumbando en voces roncas,
El Zángano, la Abispa,
El Tábano y la Mosca.

Ou fausse ou ridicule ; à leur prétention,
Il oppose sur-tout leur stupide ignorance.
Mais plus terrible encor, dans son courroux, il lance
Ses foudres sur l'envie, abjecte passion.
Sur quelques-uns d'entr'eux, il fit impression ;
Il en fut écouté, non sans reconnoissance.
La colombe fidelle et l'innocent agneau,
L'industrieuse abeille et le cheval docile,
Le loyal chien-de-chasse et la fourmi subtile,
L'inexpert papillon et le vif passereau,
Admirent l'orateur aussi sage qu'habile,
Et jugent ce qu'il dit aussi juste que beau.

     Mais, dans cette assemblée,
Ceux pour qui son discours paroîssoit offensant,
Le plus grand nombre, hélas ! très-impatiemment,
Lui prêtoit une oreille et dure et fatiguée.

     Ou tigre ou loup, tout ravisseur
     Se fâche contre le censeur.
Ah ! combien le serpent lui vomit-il d'injures !
Frélon, guêpe, cousin, moustic et hanneton,
S'efforcent, à l'envi, sur le plus aigre ton,
     De le piquer par leurs murmures.
     Lasses de se voir gourmander,
La funeste cigale avec la sauterelle,
      Feignant qu'on les appelle,
S'esquivent aussi-tôt, pour aller gambader.
La belette s'enfuit ; le renard dissimule ;
Le singe, grimaçant, le tourne en ridicule.

Sálense del concurso,
Por no escuchar sus glorias,
El Cigarron dannino,
La Oruga y la Langosta.
La Garduuna se encoge;
Disimula la Zorra;
Y el insolente Mono
Hace de tódo mofa.
    Estaba el Elefante
Viéndolo con pachorra;
Y su razonamiento
Concluyó en esta forma :
A tódos y á ninguno
Mis advertencias tocan :
Quien las siente, se culpa;
El que nó, que las oiga.
    Quien mis Fábulas lea
Sepa tambien que tódas
Hablan á mil Naciones,
No sóla á la Espannola.
Ni de estos-tiempos hablan;
Porque defectos notan
Que hubo en el mundo siempre,
Como los hai ahora.
Y pues no vituperan
Sennaladas personas,
Quien haga aplicaciones,
Con su pan se lo coma.

L'éléphant, à les observer,

   S'arrête, et, sans colère,

  Il leur laisse tout faire.

Cependant, leur dit-il, je m'en vais achever,

   En un seul mot, ma remontrance :

Je n'attaque personne en m'adressant à tous.

Qui se fâche s'accuse, il est au rang des fous.

Le sage peut m'entendre et louer ma prudence;

Et ma censure enfin, soumise à l'équité,

   Avec délicatesse,

  Fuit toute personnalité.

Tant pis pour celui-là qui, par malignité,

   Ou bien par maladresse,

  Se fâche lui-même ou se blesse.

 D'après cela, je dis à mon lecteur,

   Que dans mes fables, le censeur,

A toute nation adresse sa satyre,

Et qu'à la mienne, à part, je ne prétends rien dire.

Dans le siècle présent, je n'ai rien emprunté.

Les vices, de tous tems, n'ont-ils pas existé ?

I I.

EL GUSANO DE SEDA Y LA ARAÑA

TRABAJANDO un Gusano su capullo,
La Aranna, que texía á toda prisa,
De esta suerte le habló con falsa risa
Mui propia de su orgullo:
¿Qué dice de mi tela el seor Gusano?
Esta manna la empecé temprano,
Y ya estará acabada á mediodía.
Miré qué sutil es, mire qué bella....
El Gusano con sorna respondía:
Usted tiene razon: así sale ella.

II.

LE VER-A-SOIE ET L'ARAIGNÉE.

UN Ver-à-soie, à son cocon,
Lentement travailloit, alors qu'une Araignée,
Avec précipitation,
Composant sa trame embrouillée,
L'apostropha sur le faux ton
D'une ironique joie,
Produit de sa présomption :
— Voyez, monsieur le Ver-à-soie;
Voyez ma toile; elle fut commencée
De ce matin; mais à midi,
Tout le travail doit en être fini.
Avec quel art elle est exécutée !
Admirez sa finesse ;.... elle est du meilleur teint.
= Ah ! vous avez raison, Madame l'Araignée.
Voilà tout ce qu'elle en obtint.

III.

EL OSO, LA MONA Y EL CERDO.

UN Oso con que la vida
Ganaba un Piamontes,
La no mui bien aprendida
Danza ensayaba en dos pies.

Queriendo hacer de persona,
Dixo á una Mona: ¿Qué tal?
Era perita la Mona,
Y respondióle: Mui mal.

Yo creo, réplicó el Oso,
Que me haces poco favor.
¿Pues qué? mi aire no es garboso?
¿No hago el paso con primor?

Estaba el Cerdo presente,
Y dixo: Bravo! bien va!
Bailarin mas excelente
No se ha visto, ni verá.

Echó el Oso, al oir esto,
Sus cuentas allá entre si,
Y con ademan modesto
Hubo de exclamar así:

III.

L'Ours, Le Singe et le Cochon.

Sans maître, un Ours, pour cette fois,
Répétoit, très-gaiement, une leçon de danse
    Dont l'instruisit un Piemontois
    Qui, le conduisant sous ses lois,
Le faisoit gambader pour payer sa dépense :
Tant on est sûr du goût qu'on a pour la cadence !
L'ours n'étoit pas léger, mais très-avantageux.
Au singe il s'adressa. — Qu'en dis-tu, mon confrère ?
Ah ! tu connois trop bien cet art voluptueux,
Pour ne pas admirer mon charmant savoir-faire.
⸗ Sans effort, dit le singe, un cochon seroit mieux.
— Je vois, répliqua l'ours, que votre jalousie
    Vous dicte ce dur jugement ;
    Car enfin, je ne sais comment
Aucun singe atteindroit, pendant toute sa vie,
    A ma grace accomplie,
    A mon rare talent.
Je forme tous mes pas d'une justesse extrême.
Mais voici le Cochon : consultons-le lui-même ;
Je le choisis pour Juge, il en décidera.
Le cochon, aussi-tôt, de s'écrier : ⸗ Merveilles !

Quando me desaprobaba
La Mona, llegué á dudar:
Mas ya que el Cerdo me alaba,
Mui mal debo de bailar.

Guarde para su regalo
Esta sentencia un Autor:
Si el sabio no aprueba, malo!
Si el necio aplaude, peor!

———————

Non, jamais l'on ne vit, jamais l'on ne verra,
Jamais, au grand jamais, l'on ne surpassera
Un danseur si doué de graces sans pareilles.
Sur cet éloge, l'Ours réfléchit *à parte*,
Et renonçant alors à toute vanité,
  Pour n'écouter que sa franchise,
Il fit ainsi, tout haut, l'aveu de sa bêtise:
  — Le singe, vraiment connoisseur,
  Par son goût désapprobateur,
M'avoit déjà donné certaine méfiance ;
  Mais maintenant, loué par un pourceau,
J'en suis certain, et je me dis : Tout beau !
  Un Ours n'est pas fait pour la danse.

  Sur ses ouvrages, qu'un auteur
Fasse de ce bon mot l'application sûre.
  S'ils ont éprouvé la censure
De quelqu'homme d'esprit, c'est, sans doute, un
 malheur
  De très-fatale augure ;
Mais par un sot, s'il les voit applaudis,
  Hélas ! c'est encore pis.

I V.

LA ABEJA Y LOS ZANGANOS.

A tratar de un gravísimo negocio
Se juntaron los Zánganos un dia.
Cada qual varios medios discurría
Para disimular su inútil ocio;
Y por librarse de tan fea nota
A vista de los otros animales,
Aun el mas perezoso y mas idiota
Quería, bien ó mal, hacer panales.
Mas. como el trabajar les era duro,
Y el enxambre inexperto
No estaba mui seguro
De rematar la empresa con acierto,
Intentaron salir de aquel apuro
Con acudir á una colmena vieja,
Y sacar el cadáver de una Abeja
Mui hábil en su tiempo, y laboriosa;
Hacerla con la pompa mas honrosa.
Unas grandes exêquias funerales,
Y susurrar elogios inmortales
De lo ingeniosa que era
En labrar dulce miel y blanda cera.

I V.

L'ABEILLE ET LES FRÉLONS.

UN beau jour, les Frélons, honteux de leur paresse,
Se rassemblèrent tous, dans l'espoir d'inventer
Quelque moyen.... Comment! Quoi! Pour la réparer?
   Non : jusques-là n'alla pas leur sagesse;
   Mais seulement pour bien dissimuler
     La honte de leur maladresse.
A former des rayons, on vit lors occupé,
   Même le lâche, et jusqu'à l'imbécille.
     Chacun vouloit paroître habile,
     Et chacun étoit attrapé.
   Il leur manquoit, à tous, la patience,
     De même que l'expérience,
Et le travail, bientôt, leur a paru trop fort.
     Cependant, pour cacher leur tort,
Ils s'avisent d'aller, dans le plus grand cortège,
D'une Abeille chercher le squélette fameux,
Reposant en sa ruche, au rang des demi-Dieux.
       Leur chant, las! sacrilége!
Bourdonne en faux-bourdon, d'un ton tumultueux,
L'éloge de son miel si doux, si savoureux,
Et de sa cire, un jour, plus blanche que la neige.

Con esto se alababan tan ufanos,
Que una Abeja les dixo por despique :
¿No trabajáis mas que eso? Pues, hermanos
Jamas equivaldrá vuestro zumbido
A una gota de miel que yo fabrique.

¡Quántos pasar por sabios han querido
Con citar á los muertos que lo han sido!
¡Y qué pomposamente que los citan!
Mas pregunto yo ahora : ¿ los imitan?

V.

Certaine Abeille sage, entendant leur fracas,
Leur dit : —— De travailler êtes-vous déjà las ?
Quelle matière, enfin, de vous tous est éclose ?
Prétendez-vous ainsi, par vos brillans éclats,
Atteindre promptement le talent de la chose ?
    Tout votre bruit, mes amis, ne vaut pas
Une goute du miel que, prudente, tout bas,
            Moi-même je compose.

    Combien de gens ont cru passer pour sages,
A force de citer les sages trépassés !
On s'imagineroit qu'ils les ont surpassés.
Pour moi, j'écoute en vain leurs cris, leurs verbiages,
D'un aussi faux honneur, follement entêtés,
Dites-moi : les ont-ils seulement imités ?

b

V.

LOS DOS LOROS Y LA COTORRA

DE Santo-Domingo traxo
Dos Loros una Sennora.
La Isla en parte es Francesa,
Y en otra parte, Espannola.
Así cada animalito
Hablaba distinto idioma.
Pusiéronlos al balcon,
Y aquello era Babilonia.
De Frances y Castellano
Hicieron tal pepitoria,
Que al cabo ya no sabían
Hablar ni una lengua ni ótra.
El Frances del Espannol
Tomó voces, aunque pócas;
El Espannol al Frances
Casi se las toma tódas.

    Manda el Ama separarlos;
Y el Frances luego reforma
Las palabras que aprendió
De lengua que no es de moda.
El Espannol al contrario,

V.

LES DEUX PERROQUETS ET LA PÉRUCHE.

CETTE isle, mi-partie espagnole et française,
Saint-Domingue, fournit deux charmans Perroquets,
    Lesquels, ne vous déplaise,
    Ne furent pas muets.
Mais l'un, de l'Espagnol, et l'autre, du Français,
    Avoit composé son langage.
Placés sur un balcon, ah ! c'étoit un tapage !
   C'étoit vraiment le jargon de Babel.
Bref, leur galimathias, leur pot-pourri fut tel,
Qu'ils perdirent le fruit de leur apprentissage.
Le Perroquet français, de l'Espagnol sçavoit
Quelques mots que, sans goût, souvent il répétoit,
Du français, l'Espagnol en sçavoit davantage.
Leur maîtresse ordonna que, chacun dans sa cage,
    L'un de l'autre fût séparé.
Le Français, délicat, eut bientôt abjuré
Une langue étrangère et qu'il croit incommode,
   Parce qu'en France elle n'est point de mode.
L'Espagnol, au contraire, habile à retenir
Tous les mots du Français, (cette langue est si belle!)
   Croit, à sa langue maternelle,

      b 2

No olvida la gerigonza,
Y aun discurre que con ella
Illustra su lengua propria.
Llegó á pedir en Frances
Los garbanzos de la olla :
Y desde el balcon de enfrente
Una crudita Cotorra
La carcajada soltó,
Haciendo de Loro mofa.
El respondió solamente,
Como por tacha afrentosa :
Vos no sois que una (*) Purista;
Y ella dixo : *A mucha honra.*
    ¡ Vaya que los Loros son
Lo mismo que las personas!

(*) *Voz de que modernamente se valen los Corruptores de nuestro idioma, quando pretenden ridiculizar á los que le hablan con pureza.*

Ajouter des moyens pour la faire fleurir.

   Un jour, poussé par sa manie,

Il demande, en français, un gratin de bouillie.

Une docte Guenuche, alors bien entendit,

D'un bâtiment voisin, sa phrase adultérée :

La voilà qui, suivant son goût et son dépit,

Lui fait une apostrophe épigrammatisée

   De gausserie et de risée.

   Le Perroquet lui répondit,

Pensant l'humilier par un beau trait d'esprit,

   Durement dit à l'improviste :

  — Vous n'êtes rien qu'une Puriste.

  = Vous me faites beaucoup d'honneur,

   Répliqua-t-elle avec douceur.

   Hé bien ! soit qu'on rencontre un

         homme,

Ou bien un Perroquet qui se croit un docteur,

   Voyez-vous ? c'est tout comme.

V I.

EL MONO Y EL TITERETERO.

EL fidedigno Padre Valdecebro,
Que en discurrir historias de animales
Se calentó el celebro,
Pintándolos con pelos y sennales;
Que en estilo encumbrado y eloquente
Del Unicornio cuenta maribillas,
Y el Ave-Fénix cree á pié-juntillas,
(No tengo bien presente
Si es en el libro octavo, ú en el nono)
Refiere el caso de un famoso Mono.

    Este, pues, que era diestro
En mil habilidades, y servía
A un gran Titeretero, quiso un dia,
Miéntras estaba ausente su Maestro,
Convidar diferentes animales
De aquéllos mas amigos
A que fuesen testigos
De todas sus monadas principales.
Empezó por hacer la mortecina;
Despues bailó en la cuerda á la harlequina,
Con el salto mortal, y la campana;

V I.

LE SINGE ET LE JOUEUR DE MARIONETTES.

L'EXACT Valdécébro tourmenta sa cervelle,
Pour épuiser les traits d'histoire naturelle
            Qui prouvoient, de chaque animal,
            Le vrai, le propre caractère.
Dans son style pompeux, il ne peignit pas mal,
Quoiqu'avec hyperbole, et Licorne et Chimère.
            Pour le Phénix, il sçait bien ce qu'il vaut :
Il le créa lui-même, à pieds joints, d'un seul saut.
Je n'ai pas très-présent à ma foible mémoire
Le chapitre où d'un Singe il raconta l'histoire ;
Mais d'un Singe fameux, je sçais qu'il s'agissoit ;
Oui, d'un grand Singe, alerte, fin, adroit,
Faisant mille bons tours, sans compter les courbettes.
On n'en doutera pas ; car il appartenoit
A certain charlatan, joueur de marionettes.
            Un jour, son maître s'absenta.
            Le Singe, vîte, en profita
En faveur d'animaux de toutes les espèces,
            Ses chers amis, qu'il invita
A venir, pour juger de ses rares souplesses.
            Il contrefit, d'abord,
            Le goûteux et le mort.

                        b 4

Luego el despennadero,
La espatarrada, vueltas de carnero,
Y al fin el exercicio á la Prusiana.
De estas y de otras gracias hizo alarde.
Mas lo mejor faltaba todavía;
Pues, imitando lo que su Amo hacía,
Ofrecerles pensó, porque la tarde
Completa fuese, y la funcion amena,
De la linterna mágica una escena.

Luego que la atencion del auditorio
Con un preparatorio
Exórdio concilió, segun es uso,
Detras de aquella máquina se puso;
Y durante el manejo
De los vidrios pintados
Fáciles de mover á todos lados,
Las diversas figuras
Iba explicando con loquaz despejo.

Estaba el quarto á obscúras,
Qual se requiere en casos semejantes;
Y aunque los circunstantes
Observaban atentos,
Ninguno ver podía los portentos
Que con tanta parola y grave tono
Les anunciaba el ingenioso Mono.

Tódos se confundian, sospechando
Que aquello era burlarse de la gente.

Mais bientôt, sur la corde, ou lâche ou resserrée,
Il fit d'un Arlequin la marche cadencée,
Et le saut de la carpe et le saut périlleux,
Puis les bonds du Cabri; toujours de mieux en mieux.
Quand il eut terminé ses diverses parades,
Il voulut, de son maître, (hélas ! voilà son tort,)
Exécuter le tour qu'il croyoit le plus fort,
Le plus fait pour charmer tous ses bons camarades,
    Tant de les amuser,
    Glorieux , il se pique !
   Il ne craint point de s'abuser ,
Et dresse hardiment la lanterne magique.
  Suivant l'usage, en cette occasion,
    De tout son aimable auditoire,
  Après avoir capté l'attention,
    Par un discours préparatoire,
Derrière la machine , il va droit se placer ,
    Et pense qu'il suffit de faire,
   Presto, passer et repasser
Chaque sujet coloré sur le verre.
    Toute la salle étoit
    Obscure, il le falloit :
    Mais chacun, dans l'attente
    D'un objet que l'on vante
Comme magique et partant curieux,
   Regardant bien, de tous ses yeux,
  Ne voyant rien, enfin s'impatiente ,
Et tous pensent déjà qu'on veut se moquer d'eux.

      b 5

Estaba el Mono ya corrido, quando
Entró Maerse Pedro de repente,
E informado del lance, entre severo
Y risuenno le dixo : Majadero,
¿ De qué sirve tu charla sempiterna,
Si tienes apagada la literna?

Perdonadme, sutiles y altas Musas,
Las que hacéis vanidad de ser confusas.
¿ Os puedo yo decir con mejor modo
Que sin la claridad os falta tódo?

Le maître arrive alors, et le Singe, honteux,
Est forcé d'avouer sa malheureuse affaire.
—A quoi sert, dit le maître, un éloge verbeux ?
Avant d'oser parler, bien plus judicieux,
Dans sa lanterne, un autre eût mis de la lumière.

     Dans les détours et dans l'obscurité,
     Ecrivains qui cherchez la gloire,
Puis-je, plus poliment qu'en contant cette histoire,
     Vous montrer une vérité ?
     Qui veut aller au temple de mémoire,
     N'y parvient point sans la clarté.

V I I.

LA CAMPANA Y EL ESQUILON.

EN cierta catedral una Campana había
Que sólo se tocaba algun solemne dia.
Con el mas recio son, con pausado compas
Quatro golpes, ó tres solía dar no más.
Por esto, y ser mayor de la ordinaria marca,
Celebrada fué siempre en toda la comarca.

Tenía la ciudad en su jurisdiccion
Una aldéa infeliz, de corta poblacion,
Siendo su parroquial una pobre iglesita
Con chico campanario á modo de una ermita;
Y un rajado Esquilon, pendiente en medio de él,
Era allí quien hacía el principal papel.

A fin de que imitase aqueste campanario
Al de la catedral, dispuso el vecindario
Que despacio, y mui póco el dichoso Esquilon
Se hubiese de tocar sólo en tal qual funcion.
Y pudo tánto aquello en la gente aldeana,
Que el Esquilon pasó por una gran Campana.

VII.

LA GROSSE ET LA PETITE CLOCHE.

DANS une immense Cathédrale,
En un seul jour, jour le plus solemnel,
Une Cloche faisoit entendre à tout mortel,
Ou trois ou quatre coups, par un long intervale,
Pas plus; mais ils étoient dignes de l'Eternel.
  Certain petit village,
  Aux environs se rencontroit;
  Sa Paroisse sembloit
  Etre un simple hermitage.
Petit clocher s'y remarquoit,
Où petite cloche jouoit
  Le plus grand personnage.
  Or, pour assimiler
  Cet exigu clocher
A la tour de la cathédrale,
  Et faire imaginer
La plus foible sonneuse, à la plus forte, égale,
Les habitans ont cru finement inventer
  De ne jamais faire tinter
  Qu'en un seul jour de grande fête,
A la clochette basse, au son mince et discret,
Bien moins de coups encore. Etoit-ce donc si bête ?

Mui verosímil es; pues que la gravedad
Suple en muchos así por la capacidad.
Dignanse rara vez de despegar sus labios,
Y piensan que con esto imitan á los sabios.

Cette mesure eut un si bon effet,
Que, depuis lors, la sonnette passoit
Pour une cloche très-puissante : -
On dit même qu'on la croyoit
Bien plus pesante.

D'après le sens de cette fable,
Observez que la gravité
Nous tient lieu de capacité.
Moi, je le crois très-vraisemblable.
Combien ne voit-on pas de gens
Craindre de desserrer les dents,
Pour ne pas découvrir toute leur ignorance,
Et feindre d'observer du sage le silence ?

VIII.

EL BURRO FLAUTISTA.

ESTA fabulilla,
Salga bien, ó mal,
Me ha ocurrido, ahora
Por casualidad.

Cerca de unos prados
Que hai en mi Lugar
Pasaba un Borrico
Por casualidad.

Una flauta en ellos
Halló, que un Zagal
Se dexó olvidada
Por casualidad.

Acercose á olerla
El dicho animal;
Y dió un resoplido
Por casualidad.

En la flauta el aire
Se hubo de colar;
Y sonó la flauta
Por casualidad.

VIII.

L'ANE JOUANT DE LA FLUTE.

BAH ! que ce petit conte
Soit bien ou mal fait,
Je n'en tiendrai pas compte.
Du hazard, je tiens mon sujet.

Non loin de mon village,
Un certain Bouriquet
Cherchoit un pâturage.
Le hazard seul le conduisoit.

Dans son chemin, il trouve
La flûte d'un berger;
Et ceci très-bien prouve
Que le hazard peut obliger.

Sur elle, le marouffle,
Venant pour la sentir,
De ses narines souffle,
Et le hasard vint le servir.

Le souffle, en son passage,
Dans la flûte donna.
Pour son apprentissage,
Par hazard, bien il résonna.

Oh! dixo el Borrico:
¡Qué bien sé tocar!
Y dirán que es mala
La música asnal.

Sin reglas del arte
Borriquitos hai
Que una vez aciertan
Por casualidad.

Oh ! s'écria notre âne,
Ah ! que je flûte bien !
Bien sôt qui me condamne.
Mais du hazard ; il ne dit rien.

Sans art, sans s'y connoître,
On voit tel Bouriquet,
Une fois, faire en maître.
Du pur hazard, voilà l'effet.

IX.

LA HORMIGA Y LA PULGA

TIENEN algúnos un gracioso modo
De aparentar que se lo saben todo;
Pues quando oyen, ó ven qualquiera cosa,
Por mas nueva que sea y primorosa,
Mui trivial y mui fácil la suponen,
Y á tener que alabarla no se exponen.
Esta casta de gente
No se me ha de escapar, por vida mia,
Sin que lleve su fábula corriente,
Aunque gaste en harcerla todo un dia.

A la Pulga la Hormiga refería
Lo mucho que se afana,
Y con qué industrias el sustento gana;
De qué suerte fabrica el hormiguero;
Quál es la habitacion, quál el granero;
Cómo el grano acarréa,
Repartiendo entre todas la taréa;
Con otras menudencias mui curiosas,
Que pudieran pasar por fabulosas,
Si diarias experiencias
No las acreditasen de evidencias.

IX.

LA FOURMI ET LA PUCE.

BEAUCOUP, d'une sotte manière,
Se donnent l'air de tout sçavoir.
Entendant ou regardant faire
Une chose rare, il faut voir
Comme ils la traitent de vulgaire,
De triviale, et sans vouloir,
Par quelqu'éloge, satisfaire
Qui, pour être utile et pour plaire,
Travaille du matin au soir.
Ah! du soir au matin, dussé-je me morfondre,
Pour trouver une fable; à des gens aussi bas,
Je ferai la leçon; je saurai les confondre.
J'en jure sur ma tête! Ils n'échapperont pas.

Sur les travaux de sa rare industrie,
De fatigue épuisée, une Fourmi parloit
    A la Puce, et lui racontoit
Tous ses moyens pour assurer sa vie.
    Elle expliquoit exactement
La façon de former grenier et logement
Dans la construction de toute fourmillière;

A todas sus razones
Contestaba la Pulga, no diciendo
Mas que éstas, ú otras tales expresiones :
Pues yá; si; se supone; bien; lo entiendo;
Ya lo decía yo; sin duda; es claro;
Está visto : ¿tiene eso algo de raro?

La Hormiga, que salió de sus casillas
Al oir estas vanas respuestillas,
Dixo á la Pulga : Amiga, pues yo quiero
Que venga Usted conmigo al hormiguero.
Ya que con ese tono de maestra
Todo lo facilita y da por hecho,
Siquiera para muestra,
Ayúdenos en algo de provecho.

La Pulga, dando un brinco mui ligera,
Respondió con grandísimo desuello :
¡Miren qué friolera!
¿Y tánto piensas que me costaría?
Todo es ponerse á ello. . . . .
Pero. . . . . tengo que hacer. . . . Hasta otro día

D'y serrer le grain, et comment

Chacune fourmi coopère

Aux plus rudes travaux répartis justement.

Elle ajoutoit encore

Mille et mille beaux faits

Dont la fourmi s'honore,

Et qui, s'ils n'étoient pas bien reconnus pour vrais,

De leur donner croyance, on auroit des regrets.

La Puce, à tout cela, ne fait d'autre réponse

Que par de vagues mots négligemment lâchés :

— Oui, vous avez raison ; cela s'entend assez ;

Bon ; je conçois fort bien ; mais rien.... rien ne

m'annonce.

Ce qui doit captiver mes sens émerveillés.

La fourmi perdoit patience,

A ces propos injurieux.

= Puisque vous dédaignez ma trop foible science,

Hé bien ! dit-elle : faites-mieux.

D'un maître, vous prenez si hardiment le ton,

Que, pour développer et donner, toute entière,

Votre docte leçon,

Je vais vous faire la prière

D'en venir, vîte, faire

Une application

Utile et singulière,

Dans notre fourmillière.

Alors la Puce fit un saut.

— Ta proposition, repart-elle, est plaisante.

X.

LA PARIETARIA Y EL TONILLO

Yo leí, no sé donde, que en la lengua herbol
Saludando al Tomillo la hierba Parietaria,
Con socarronería le dixo de esta suerte:
Dios te guarde, Tomillo : lástima me da verte,
Que aunque mas oloroso que todas estas plantas,
Apénas medio palmo del suelo te levantas.
El responde; Querida, chico soi; pero crezco
Sin ayuda de nadie. Yo sí te compadezco;
Pues, por mas que presumas, ni medio palmo pue
Medrar, si no te arrimas á una de esas paredes

Quando veo yo algúnos que de otros Escrito
A la sombra se arriman, y piensan ser Autores
Con poner quatro notas, ó hacer un prologuillo,
Estói por aplicarles lo que dixo el Tomillo.

Crois-tu donc qu'elle m'épouvante?
Je puis, sans nul effort, m'en tirer comme il faut;
Sans doute; mais le tout seroit de l'entreprendre.
Un jour, que je serai dans mes belles humeurs,
Nous verrons. Aujourd'hui, j'ai bien affaire ailleurs,
Et ne veux pas me faire attendre.

X.

LA PARIÉTAIRE ET LE THYM.

J'ai lu, je ne sçais où, que la Pariétaire,
Rampante près du Thym, le salua d'abord,
Puis lui tint ce discours, d'un ton bien peu sincère :
— Dieu te garde, l'ami! Le destin a grand tort,
Et j'en gémis pour toi, quand je vois la manière
        Dont il voulut régler ton sort.
        Toi qu'il créa la plante
    Par excellence et la plus odorante,
        Pourquoi faut-il qu'au-dessus du terrein,
Son jet ne soit au plus que d'une demi-palme?
J'en éprouve un chagrin, d'honneur, que rien ne
                                calme.
Je suis petit, dit-il; mais je crois sans soutien.
Est moi qui devrois plaindre une plante qui raille,
    Et qui ne peut pas s'élever

                                C

X I.

LOS DOS CONEJOS

POR entre unas matas,
Seguido de Perros,
(No diré corría)
Volaba un Conejo.

De su madriguera
Salió un compannero,
Y le dixo : tente,
Amigo, ¿ qué es esto?

¿ Qué ha de ser? responde :
Sin aliento llego. . . .
Dos pícaros Galgos
Me vienen siguiendo.

Sí (replica el ótro)
Por allí los veo....
Pero no son Galgos —
¿ Pues qué son? — Podencos

¿ Que? Podencos dices?
Sí, como mi avuelo.
Galgos, y mui Galgos :
Bien visto lo tengo —

A cette hauteur même où seul je puis monter,
— Sans s'accrocher à la muraille.

Quand je vois l'insolence
De ces écrivailleurs
Qui , par insuffisance,
S'accrochent à quelqu'autre et s'estiment auteurs;
Pour avoir trop souvent dénaturé son texte,
Ou , d'une note vague, inventé le prétexte;
Ou , sans succès , voulu rappeller aux honneurs
Quelque vieux livre sans lecteurs,
De sa préface, en faisant la refonte;
Par le bon mot du Thym, je veux leur faire honte.

XI.

LES DEUX LAPINS.

POURSUIVI par des chiens, à travers la bruyère,
Un Lapin galopoit;
Je dis plus, il voloit:
Lorsqu'un autre Lapin, sortant de dessous terre,
Lui dit : — Camarade ! un moment,
Arrête donc , arrête !
Dis-nous : à quelle fête
Cours-tu si promptement?
= Belle demande ! ah ! je suis hors d'haleine.

Son Podencos : vaya,
Que no entiendes de eso —
Son Galgos te digo —
Digo que Podencos.

En esta disputa
Llegando los Perros,
Pillan descuidados
A mis dos Conejos.

Los que por qüestiones
De poco momento
Dexan lo que importa,
Llévense este exemplo.

Hé quoi ! ne vois-tu pas
Deux Lévriers là-bas ;
Qui parcourent la plaine ?
Ils me cherchent, hélas !
— Je vois que, de loin, tu devines
Deux maudits estafiers ;
Mais je ne vois pas, à leurs mines,
Que ce soit-là des Lévriers.
≍ Qu'est-ce donc ? — des Bassets. ≍ Tu dis qu'on
les appelle ?....
— Des bassets : mon grand-père ainsi me les nommoit.
≍ Comme il s'y connoissoit !
Ce sont des Lévriers d'une espèce cruelle.
Oui, oui : des Lévriers, si jamais il en fut.
— Bassets je les soutiens..... Tandis que, de la sorte
Ils disputoient, Bassets ou Lévriers, n'importe,
Tombent sur les Lapins. Chacun bientôt se tut.
Voyez chaque bavard que chaque chien emporte.

Que ceux-là, des Lapins retiennent la leçon,
Qui, négligeant et l'utile et le bon,
Pour des sujets frivoles,
S'épuisent en paroles.

———————

X I I.

LOS HUEVOS.

MAS allá de las Islas Filipinas
Hai una que ni sé cómo se llama,
Ni me importa saberlo, donde es fama
Que jamas hubo casta de gallinas,
Hasta que allá un Viagero
Llevó por accidente un gallinero.
Al fin tal fué la cría, que ya el plato
Mas comun y barato
Era de huevos frescos; pero todos
Los pasaban por agua (que el Viajante
No ensennó á componerlos de otros modos.)

Luego de aquella tierra un Habitante
Introduxo el comerlos estrellados.
¡O qué elogios se oyeron á porfia
De su rara y fecunda fantasía!
Otro discurre hacerlos escalfados....
¡Pensamiento feliz!... Otro, rellenos....
¡Ahora sí que están los huevos buenos!
Uno después inventa la tortilla;
Y todos claman ya ¡qué marabilla!

XII.

LES ŒUFS.

BIEN au-delà des Isles Philippines,
Il en est une encor dont j'ignore le nom.
Qu'importe ? Là, jamais, dit-on,
N'avoient paru dans les cuisines,
Les poules ni leurs œufs ; ils étoient inconnus,
Quand un bon voyageur que le hazard adresse,
Y porta des individus
De cette domestique et très-féconde espèce.
Sous cet heureux climat,
Bientôt, elle se multiplie,
Au point que les œufs frais y deviennent un plat
Commun, peu cher, dont la table est servie,
Souvent, par-tout ; mais chez le délicat,
Peu de temps fut passé , sans qu'il ne remarquât
Qu'on les mangeoit avec monotonie.
Quoi ! toujours des œufs frais ! cela n'est plus nouveau ;
Et puis, toujours les voir simplement cuits à l'eau.
C'étoit tout, en effet, ce qu'ils en sçavoient faire ;
L'Étranger n'ayant pas montré d'autre manière.
Un indigène , alors, inventa la façon
Qu'on appelle : au Miroir. Que d'éloges on donne
A celui-là qui fait ce que n'a fait personne !

C 4

No bien se pasó un anno,
Quando otro dixo : sois unos petates;
Yo los haré revueltos con tomates :
Y aquel guiso de huevos tan extranno,
Con que toda la Isla se alborota,
Hubiera estado largo tiempo en uso,
A no ser porque luego los compuso
Un famoso Extrangero á la *Hugonota.*

Esto hicieron diversos Cocineros;
Pero ¡qué condimentos delicados
No annadieron después los Reposteros!
Moles, dobles, hilados,
En caramelo en leche,
En sorbete, en compota, en escabeche.

Al cabo todos eran inventores,
Y los últimos huevos, los mejores.
Mas un prudente Anciano
Les dixo un dia : Presumís en vano
De esas composiciones peregrinas.
¡Gracias al que nos traxo las gallinas!

¿Tantos Autores nuevos
No se pudieran ir á guisar huevos
Mas allá de las Islas Filipinas?

Pour louer dignement cette conception,
On la nomme génie.
Cependant cette invention,
D'une autre est aussi-tôt suivie :
Ce fut celle de les pocher.
Heureuse et délicate idée !
Avec transport, elle fut célébrée.
Ah ! que les œufs, alors, semblent bons à manger !
Ensuite, à force de chercher,
On trouva la fine omelette.
Tout bec gourmand, bientôt, ah ! de se pourlécher !
La friandise même en parut satisfaite.
Un an à peine s'écoula,
Quand un grand cuisinier osa
Dire qu'on faisoit mal; que lui seul il se flatte
De renchérir sur tout cela.
Encor des œufs nouveaux ! Mais comment ?= Le voilà :
En les brouillant avec le jus de la Taumatte.
Ah ! toute l'isle est en rumeur.
On ne mangea jamais rien de meilleur ;
On les goûta long-temps, quand d'autres imitèrent
Enfin ce mets si bon, même le surpassèrent.
Combien on en servit ! A la sauce piquante,
Au blanc, au caramel, au syrop, au verjus,
Au bœure noir, au lard. Vraiment, je ne puis plus,
Tant le nombre en est grand, dire tout ce qu'invente
La Cuisine sçavante,
Sans y comprendre encor bien des gourmands docteurs.

c 5

XIII.

EL PATO Y LA SERPIENTE

A orillas de un estanque
Diciendo estaba un Pato :
¿A qué animal dió el cielo
Los dones que me ha dado?

Soi de agua, tierra y aire :
Quando de andar me canso,
Si se me antoja, vuelo,
Si se me antoja, nado.

Una Serpiente astuta,
Que le estaba escuchando,
Le llamó con un silbo,
Y le dixo : Seo guapo,

No hai que echar tantas plantas;
Pues ni anda como el Gamo,
Ni vuela como el Sacre,
Ni náda como el Barbo :

Y así tenga sabido
Que lo importante y raro
No es entender de todo,
Sinó ser diestro en algo.

Je dirai seulement, qu'en tous lieux on les vante,
Qu'on les honore tous du beau nom d'inventeurs.

Il n'en est point que l'on ne chante ;
Mais, toujours, les derniers paroissent les meilleurs.
Je vois avec chagrin, leur dit un vieillard sage,
Qu'à fricasser des œufs on met autant d'esprit,
Qu'à les vanter encor on en met davantage.

Tandis que l'un les frit,
Ou qu'un autre les roule,
Et que chacun s'en saoule,
Gourmands ! Ingrats ! personne ne bénit
Le premier qui, dans l'isle, a transporté la Poule !

Quant à certains auteurs
D'inventions aussi neuves que fines,
Afin que leurs ragoûts soient réputés meilleurs,
Ne peut-on pas les envoyer ailleurs,
Et même par-delà les isles Philippines ?

XIII.

LE CANARD ET LE SERPENT.

SUR le bord d'un étang,
Un Canard assez beau, (tel qu'un canard peut l'être)
Disoit : — Au plus sublime rang,
Parmi les animaux, oui, les Dieux m'ont fait naître.

c 6

XIV.

EL MANGUITO,

EL ABANICO Y EL QUITA-SOL

SI querer entender de todo
Es ridícula presuncion,
Servir sólo para una cosa
Suele ser falta no menor.

Sobre una mesa cierto dia
Dando estaba conversacion
A un Abanico y á un Manguito
Un Para-aguas ó Quita-sol;
Y en la lengua que en otro tiempo
Con la Olla el Caldero habló, (*)
A sus dos companneros dixo :

(*) *Alude á la Fábula que escribe Esopo*
Caldero y la Olla, disculpándose con esté exem-
plo la impropiedad en que parece se incur
haciendo hablar no sólo á los Animales, y
aun á las cosas inanimadas, como son el Man-
guito, el Abanico y el Quita-sol.

Je marche, nage, vole et j'ai toujours bon air.
Je puis, suivant mes goûts, exercer ma puissance
    Sous l'eau, sur la terre et dans l'air.
   Un fin serpent, entendant sa jactance,
    Se mit d'abord à le siffler,
    Sous prétexte de l'appeller.
Puis, lui parlant : ═ De quoi paroissez-vous si vain ?
   C'est, je le pense, une peine inutile.
   Surpassez-vous, à la course, le Daim ?
Au nager, le Brochet ? et votre faux dédain
Pour tout autre animal, bien plus que vous subtile,
Vous fera-t-il, au vol, plus qu'un aigle être habile ?

   Apprenez donc que l'important
    Et le plus nécessaire,
    N'est pas d'en sçavoir tant.
Une chose suffit à qui la sçait bien faire.

XIV.

LE MANCHON, L'EVENTAIL ET LE PARASOL.

   A TOUT se croire habile :
    Vaine prétention !
    Mais n'être vraiment bon
   Que pour un seul objet, dût-on,
    Le considérer comme utile,
C'est un défaut aussi qui vaut une leçon.

¡O qué buenas alhajas sois!
Tú, Manguito, en hibierno sirves;
En verano vas á un rincon :
Tú, Abanico, eres mueble inútil
Quando el frio sigue al calor.
No sabéis salir de un officio.
Aprended de Mí, pese á vos;
Que en el hibierno soi Para-aguas,
Y en el verano Quita-sol.

Un Parapluie, ou bien un Parasol, n'importe ,
                    Dit-on , un de ces jours ,
                    Adressoit un discours,
Dans un langage ancien , (à-peu-près de la sorte
De celui que parloit la Marmite au Chaudron.)
A l'Eventail léger, ainsi qu'au gros Manchon,
Il s'exprimoit ainsi , d'une voix fière et forte :

                    — Que vous êtes de beaux bijoux !
Toi, Manchon, dans l'hiver, on souffre tes services,
Aussi-tôt méprisés quand le temps devient doux.
Eventail, toi chéri, bien souvent par, caprices,
L'été ; mais dans le froid, abandonné de tous.

                    Chacun de vous enfin ennuie ,
N'ayant d'utilité que pour un seul objet.
Tout autre plaira mieux , ainsi que moi, s'il est,
Et tantôt Parasol et tantôt Parapluie.

X V.

LA RANA Y EL RENACUAJO.

EN la orilla del Tajo
Hablaba con la Rana el Renacuajo.
Alabando las hojas, la espesura
De un gran cannaveral, y su verdura.

Mas luego que del viento
El ímpetu violento
Una canna abatió, que cayó al rio,
En tono de leccion dixo la Rana :
Ven á verla, hijo mio :
Por defuera mui tersa, mui lozana;
Por dentro toda fofa, toda vana

Si la Rana entendiera Poësía,
Tambien de muchos versos lo diría.

X V.

LA GRENOUILLE ET LE TÉTARD.

AVEC une Grenouille, un Têtard conversoit,
Sur la rive du Tage.
Surpris, il admiroit
Un plant de Cannes, qui joignoit
Le verd le plus brillant au plus riche feuillage.
Par un grand coup de vent,
Une canne alors abattue,
Plus près, sur l'eau, se présente à sa vue.
— Viens la voir, mon enfant !
Dit la Grenouille, et du ton le plus tendre,
(Le plus certain pour bien se faire entendre);
Regardes ses dehors : ils sont polis, brillans;
Mais filandreuse et frêle, elle est vuide en dedans.

Si jamais la Grenouille, à des vers élégans,
Se connoissoit, il est plus d'un Ouvrage
Que ce juge, également sage,
Condamneroit, comme vuides de sens.

XVI.

LA AVUTARDA.

DE sus hijos la torpe Avutarda
El pesado volar conocía,
Deseando sacar una cría
Mas ligera, aunque fuese bastarda.

    A este fin muchos huevos robados
De alcotan, de xilguero y paloma,
De perdiz y de tórtola toma,
Y en su nido los guarda mezclados.

    Largo tiempos se estuvo sobre ellos;
Y aunque hueros salieron bastantes,
Produxeron por fin los restantes
Varias castas de Páxaros bellos.

    La Avutarda mil Aves convida
Por lucirlo con cría tan nueva :
Sus polluelos cada Ave se lleva;
Y héte aqui la Avutarda lucida.

    Los que andais empollando obras de ótros,
Sacad, pues, á volar vuestra cría.
Ya dirá cada Autor : ésta es mia;
Y verémos qué os queda á vosotros.

X V I.

L'Outarde.

DE leur pesanteur à voler,
　　La grosse, lourde et lente Outarde,
Accusant ses enfans, desira d'élever
Quelqu'espèce plus leste.... et fût-elle bâtarde.
Pour cela, dans les nids, il lui fallut piller.
　　Alors donc elle s'évertue,
Et rassemble en son trou, sans sçavoir les trier,
Plusieurs œufs de perdrix, de pigeons, d'épervier,
Et prend, le croira-t-on? ceux mêmes de tortue.
　　　　Sur ces œufs transplantés,
　　　　Très-long-temps elle couve.
　　　　Beaucoup sont avortés ;
　　　　Mais enfin il s'en trouve
　　　Qui produisent divers oiseaux
　　　Des plus légers et des plus beaux.
　　　Si bien que l'Outarde, très-fière
　　De sa couvée heureuse et singulière,
Voulant que tout oiseau du bocage la vît,
Chacun connut les siens et chacun les reprit.
Voilà, pour notre Outarde, une excellente affaire !

　　　　O vous tous qui couvez

XVII.

EL XILGUERO Y EL CISNE

CALLA tú, Paxarillo vocínglero,
(Dixo el Cisne al Xilguero :)
¿A cantar me provocas, quando sabes
Que de mi voz la dulce melodia
Nunca ha tenido igual entre las Aves?
  El Xilguero sus trinos repetía;
Y el Cisne continuaba : ¡qué insolencia!
¡Miren cómo me insulta el musiquillo!
Si con soltar mi canto no le humillo ,
Dé muchas gracias á mi gran prudencia.
  ¡Oxalá que cantaras!
(Le respondió por fin el Paxarillo :)
¡Quánto no admirarías
Con las cadencias raras
Que ninguno asegura haberte oido,
Aunque logran mas fama que las mias!...
Quiso el Cisne cantar, y dió un graznido.
  ¡Gran cosa! ganar crédito sin ciencia,
Y perderle en llegando á la experiencia.

Les ouvrages des autres !
Montrez-leur ; puis voyez
Ce qui reste des vôtres,

XVII.

LE CHARDONNERET ET LE CYGNE.

MAIS tais-toi donc, babillard Oiselet !
(C'étoit ainsi qu'au doux Chardonneret,
S'adressoit un impudent Cygne).
—Peux-tu jamais te croire digne
D'entrer en lice, pour le chant,
Avec moi, moi chanteur reconnu ravissant,
De tous chanteurs le plus insigne?
Et le Chardonneret
Chantoit et répétoit,
Pour réponse, sa mélodie.
Le Cygne alors entre en furie.
Ah ! quel impertinent ! Petit musicien !....
Prétendre me narguer !... Il ne tient presqu'à rien
Qu'aussi-tôt je ne t'humilie
Par les sons enchanteurs de ma sublime voix :
Je me retiens ; mais toutefois,
Rends graces à ma modestie.
O plût à Dieu que tu pusses chanter !
Lui répondit enfin le Chardonneret tendre,

XVIII.

EL CAMINANTE

Y LA MULA DE ALQUILER

HARTA de paja y cebada
Una Mula de alquiler
Salía de la posada,
   Y tánto empezó á correr,
Que apénas el Caminante
La podía detener.
   No dudó que en un instante
Su media jornada haria;
Pero algo mas adelante
   La falsa caballería
Ya iba retardando el paso. ——
¿Si lo hará de picardía?....
   Harre!... Te paras!... Acaso
Metiendo la espuela.... Nada.
Mucho me temo un fracaso....
   Esta vara que es delgada....
Ménos.... Pues este aguijon....
Mas ? si estará ya cansada?

Que j'aurois de plaisir moi-même à répéter
Ces éloges pompeux que je ne puis comprendre,
Bien au-dessus de moi qui semblent te porter,
Et dont, sans cesse à tort, tu voudrois te vanter,
Puisque tu n'a jamais osé te faire entendre !

    Il est temps de les mériter.

    Le Cygne, ici, voulut chanter ;

    Mais de son cou si long, si maigre,

    Il ne sortit qu'un cri âcre, aigre.

    Qu'il est donc beau de passer pour sçavoir,
    Et d'échouer, s'il faut le faire voir !

XVIII.

LE VOYAGEUR
ET LA MULE DE LOUAGE.

CERTAINE Mule de louage,
Après s'être gorgée et d'avoine et de foin,
Partoit de l'écurie, allant faire un voyage.
(Sans doute, elle croyoit devoir aller bien loin.)
    Aussi-tôt, jusqu'à perdre haleine,
    Elle se mit tant et tant à courir,
    Que, dans sa vive course, à peine
Le voyageur surpris pouvoit la contenir.

Coces tira.... y mordiscon :
Se vuelve contra el Ginete....
¡O qué corcobo, qué envion!
  Aunque las piernas apriete....
Ni por ésas.... Voto á quien!
Barrabas que la sujete....
  Por fin, dió en tierra.... Mui bien!
¿Y eras tú la que corrías?....
¡Mal muermo te mate, amen!
  No me fiaré en mis dias
De Mula que empiece haciendo
Semejantes valentías.
  Despues de este lance, en viendo
Que un Autor ha principiado
Con altisonante estruendo,
  Al punto digo : cuidado!
Tente, hombre; que te has de ver
En el vergonzoso estado
De la Mula de alquiler,

II

Il crut qu'il alloit faire une demi-journée,

D'un seul tems de galop, et dans un seul moment ;

  Mais bientôt, un peu plus avant ,

  Son espérance fut trompée.

Sa monture, déjà, marche languissamment.

   — Serait-ce par malice ?

   Un bon coup d'éperon

   Va m'en faire justice.

   Allons-donc : hu ! hu !... bon :

   Sur elle le coup glisse.

   Ah ! gâre au casse-cou !

   Mais essayons encore

   Ma baguette de hou.

   La maudite pécore !

   Non , rien ma foi..... quoi ! rien

   Ne peut la rendre émue !

   Serait-elle fourbue ?

   Voyons , piquons-la bien.

   A la fin, elle rue.

Ah ! la coquine ! usons d'un plus rude moyen.

Il ensanglante alors ses flancs et son échine ;

Mais plus il est fâché , plus il la voit mutine.

Il jure et jure en vain. Rien n'y fait. Ah ! quels bonds !

Quels sauts ? Il se retient très-mal par les talons ,

 — Quand , tout-à-plat , la mule tombe à terre.

Toi qui vouloit singer la fringuante coursière ,

Ah ! que te voilà bien breste-là ; de la mort

  Sois-y très-justement punie ;

       d

X I X.

LA CABRA Y EL CABALLO.

Estabase una Cabra mui atenta
Largo rato escuchando
De un acorde violin el eco blando.
Los pies se la bailaban de contenta;
Y á cierto Zaco, que tanbien suspenso
Casi olvidaba el pienso,
Dirigió de esta suerte la palabra :
¿ No oyes de aquellas cuerdas la harmonía?
Pues sabe que son tripas de una Cabra
Que fué en un tiempo compannera mia.
Confío (dicha grande!) que algun dia
No ménos dulces trinos.
Formarán mis sonoros intestinos.

Volvióse el buen Rocin, y respondióla :
A fe que no resuenan esas cuerdas
Sinó porque las hieren con la cerdas
Que sufrí me arrancasen de la cola.
Mi dolor me costó, pasé mi susto ;
Pero, al fin, tengo el gusto
De ver qué lucimiento.

Et que j'éprouve même sort,
Si jamais je me fie
A ceux-là qui, d'abord,
Courent si fort.

Depuis cette aventure,
Quand je vois un auteur,
Dès son exorde, avec enflure,
Exagérer son ton déclamateur,
Je lui dis : Vois ma mule ; arrête donc, arrête,
Ou crains le même affront qu'a reçu cette bête.

XIX.

LA CHÈVRE ET LE CHEVAL.

UNE Chèvre, depuis long-tems,
Au plaisir livroit tous ses sens,
D'un Violon, savourant l'harmonie,
La plus douce qu'elle eût écoutée en sa vie ;
Et la tête et les pieds de ce vif animal
Tresailloient, et marquoient, dit-on, tant bien que mal,
Le mouvement et la cadence.
Elle apperçoit alors, la même jouissance
Enivrant un Cheval,
Qui, sans songer à sa pitance,
Des sons voluptueux éprouvoit la puissance.

d 2

Debe á mi auxilió el músico instrumento.
Tú, que satisfaccion igual esperas,
¿ Quando la gozarás? Despues que mueras.

Así, ni mas ni ménos, porqué en vida
No ha conseguido ver su obra aplaudida
Algun mal Escritor, al juicio apela
De la posteridad, y se consuela.

Elle croit lui devoir adresser ce propos :

— Les cordes par leur son, dans cette sérénade,
T'enchantent; mais sçais-tu que c'est ma camarade
Qui donna, pour les faire, en mourant, ses boyaux?
    Moi, je prétends (ô charmante espérance !)
Que par mes intestins, le goût et la science
    Fassent briller un si divin accord,
        Tout aussi-tôt après ma mort.
    = Les sons que rend chaque corde vibrante,
    Dit le Coursier, rapellant ses esprits,
Ne seroient pas si doux, s'il n'étoient pas produits
Par les crins de ma queue, hélas! qu'on ensanglante,
    Et dont le mal me fait beaucoup souffrir;
      Mais volontiers, je le supporte,
      Connoissant quel secours j'apporte
Au célèbre instrument qui fait tant de plaisir.
J'en tire vanité, du moins pendant ma vie :
Que sert, après ta mort, de te voir applaudie ?

      Cependant, on voit maint auteur,
      De son vivant, sans nul honneur,
Qui comptant être sûr (tête de chèvre folle !)
De la postérité, se charme et se console.

————————

XX.

LA ABEJA Y EL CUCLILLO.

SALIENDO del colmenar,
Dixo al Cuclillo la Abeja :
Calla, porque no me dexa
Tu ingrata voz trabajar.

No hai Ave tan fastidiosa
En el cantar como tú :
Cucú, cucú, y mas cucú,
Y siempre una misma cosa.

¿Te cansa mi canto igual?
(El Cuclillo respondió;)
Pues á fe que no hallo yo
Variedad en tu panal :

Y pues que del proprio modo
Fabricas uno que ciento,
Si yo nada nuevo invento,
En ti es viejísimo todo.

A esto la Abeja replica :
En obra de utilidad
La falta de variedad
No es lo que mas perjudica;

X X.

L'ABEILLE ET LE COUCOU.

DE sa ruche sortant, une Abeille, au Coucou,
    Dit : — Tais-toi donc; va dans ton trou.
    Ta voix monotone, ennuyeuse,
    M'interrompt, moi, laborieuse.
    Il n'est point d'oiseau dont le chant
    Plus que le tien soit déplaisant.
    Même chanson, même musique :
Toujours criant *Coucou, Coucou* criant toujours.
= Mon chant peu varié te fatigue et te pique,
Lui répondit l'Oiseau; mais depuis tant de jours;
Mais depuis que tu suis des rayons la fabrique,
As-tu rien innové dans ta simple pratique ?
Va : si je suis constant dans mon chant, mon discours,
Tu n'es pas moins fidelle à ta routine antique.
    A cela l'Abeille réplique :
    — Dans les objets d'utilité,
    Le défaut de diversité
    N'est pas ce qui nuit davantage.
Mais si l'on veut charmer par un genre d'ouvrage,
    Qu'on nomme de pur agrément,
Destiné quelque fois au fol amusement,
Mais dont le goût toujours doit être pur et sage,

Pero en obra destinada
Sólo al gusto y diversion,
Si no es varia la invencion,
Todo lo demas es nada.

Il faut, et retenez le bien,
Inventer du nouveau, varier son langage.
Sans la diversité, tout le reste n'est rien.

———

XXI.

EL RATON Y EL GATO.

Tuvo Esopo famosas ocurencias.
¡Qué invencion tan sencilla! qué sentencias!....
He de poner, pues que la tengo á mano,
Una fábula suya en Castellano.

Cierto (dixo un Raton en su agujero :)
No hai prenda mas able y estupenda
Que la fidelidad : por eso quiero
Tan de veras al Perro perdiguero.
Un Gato replicó : pues esa prenda
Yo la tengo tambien.... Aquí se asusta
Mi buen Raton, se esconde,
Y torciendo el hocico, le responde :
¿Como? la tienes tú?.... Ya no me gusta.

La alabanza que muchos creen justa
Injusta les parece,
Si ven que su contrario la merece.

¿Qué tal, sennor Lector? La fabulilla
Puede ser que le agrade, y que le instruya.
Es una marabilla :

XXI.

LE RAT ET LE CHAT.

Qu'AVEC raison, elles sont admirées,
D'Esope les belles idées !
Quel heureux naturel ! quelle moralité !
Puisque, j'ai, sous la main, un sujet inventé
Par lui, par moi qu'il soit dans ma langue, traité.

Dans son terrier, un Rat qui se croit raisonnable,
Ayant bien long-tems médité,
Conclut ainsi : — Non, rien de plus aimable;
Non, point de qualité,
A mon gré, préférable
A la fidélité.
C'est, pour cela que j'aime et que j'estime
Le Chien d'arrêt; il me paroît sublime.
Un Chat l'entend et dit :
Que vous avez d'esprit !
Mais, puisque vous vantez cette vertu si belle,
Aimez-la donc en moi : ne suis-je pas fidèle?
Dans le fond de son trou, le Rat s'enfuit confus,
Et là, d'une voix timorée,
Lorsque le Chat ne le voit plus,
Il crie alors, comme à la dérobée:

d 6

Dixo Esopo una cosa como suya. —
Pues mire Usted : Esopo no la ha escrito;
Salió de mi cabeza. — ¿Con que es tuya? —
Si, sennor Erudito :
Ya que ántes tan feliz le parecía,
Critiquemela ahora porque es mia.

— Si la fidélité, chez vous, est honorée,
           Ah! je ne l'aime plus.

      La louange, que l'on croit juste,
      Quand il s'agit d'un bon ami,
      Ne se grave point sous le buste
           D'un ennemi.

— Voyons, mon beau lecteur; dites moi: cette fable
Est-elle ingénieuse, instructive, agréable?
           = Elle est... elle est très-bien.
      Oui, c'est vraiment le ton Esopéen.
= Vous vous trompez, et je dois vous le dire:
Ce sujet, qui vous plaît, n'est pas du Phrygien,
           Sachez qu'il est mien.
⇆ Comment? de vous?... tout entier, et sans rire?
     — Oui, Monsieur le Docteur; eh bien!
      Faites-en la satyre.

———————

XXIII.

LA LECHUZA:

Y XXII.

LOS PERROS Y EL TRAPERO.

COBARDES son y traidores
Ciertos Críticos que esperan,
Para impugnar, á que mueran
Los infelices Autores,
Porque vivos respondieran.

Un breve caso á este intento
Contaba una Avuela mia.
Dizque un dia en un convento
Entró una Lechuza.... miento;
Que no debió ser un dia.

Fué, sin duda, estando el sol
Ya mui léjos del ocaso....
Ella, en fin, se encontró al paso
Una lámpara (ó farol,
Que es lo mismo para el caso :)

Y volviendo la trasera,
Exclamó de esta manera :
Lámpara ¡ con qué delcite
Te chupara yo el aceite,

XXII.

LE HIBOU.

XXIII.

LES CHIENS ET LE CHIFONNIER.

CES critiques hardis,
      Qui du moins croyent l'être;
      A chacun deux, je dis
      Qu'il n'est qu'un lâche, un traître.
Je n'entends désigner que ces viles Harpies
      Déchirant las ! après sa mort,
Un Auteur qui, vivant, par de bonnes saillies,
      Les auroit punis de leur tort.
      A ce sujet, je m'en vais faire
      Un vieux conte de ma Grand-mère.

Un jour,.. ah ! je me trompe : oui : c'étoit une nuit,
Un Hibou, ce seul nom démontre qu'il s'agit
Du tems où le Soleil retire sa lumière.
On le sent mieux encor, quand on connoît l'affaire.
Aprenez donc, qu'un soir, ce Hibou s'introduit,
      N'importe où ; mais sachez que le drille
      Y trouve une lampe qui brille ;
      Sur-le-champ, lui tournant le dos,

Si tu luz no me ofendiera!
  Mas ya que ahora no puedo,
Porque estás bien atizada,
Si otra vez te hallo apagada,
Sabré, perdiéndote el miedo,
Darme una buena panzada.

  Aunque renieguen de mí
Los Críticos de que trato,
Para darles un mal rato,
En otra fábula aquí
Tengo de hacer su retrato.
  Estando, pues, un Trapero
Revolviendo un vasurero,
Ladrábanle (como suelen
Quando à tales hombres huelen)
Dos parientes del Cerbero.
  Y díxoles un Lebrel :
Dexad á ese perillan;
Que sabe quitar la piel
Quando encuentra muerto un Can,
Y quando vivro, huye de él.

Il lui tient ce méchant propos:
Si ton feu, ta clarté n'étoient point des supplices
Redoutés des Hiboux, avec quelles délices
Ne pomperois-je pas ton huile ? mais du moins,
Si ta flâme, aujourd'hui, nuit à mon entreprise,

    J'espère que, faute de soins,
    Par un bon coup de vent de Bise,
    Un jour, bientôt, et sans témoins,
    Au rang des morts tu sera mise.
    Sans rixe alors, avec fierté,
    Je t'attaque ; puis je me livre
    Tout entier à la volupté.
    Je mords, je suce, je suis yvre
    Et d'huile et de malignité.

Ceux qu'ici j'ai jugés, comme un juge équitable,
    S'efforcent de me récuser,
Disant, que je les fais se donner tous au Diable.
    Je vais encor les amuser
De leur même portrait, mais par une autre Fable.

    Dans un égoût, un Chifonnier
    Alloit fouiller et refouiller,
    Lorsque deux parens de Cerbère
    Après lui vinrent aboyer,
    Suivant leur louable manière
    Contre l'espèce toute entière,
    Exerçant ce charmant métier.
    — Amis, leur dit un Lévrier,

XXIV.

EL PAPAGAYO,

EL TORDO Y LA MARICA

Oyendo un Tordo hablar á un Papagayo,
Quiso que él, y nó el Hombre, le ensennara;
Y con solo un ensayo
Creyó tener pronunciacion tan clara,
Que en ciertas ocasiones
A una Marica daba ya lecciones.
Así salió tan diestra la Marica
Como aquél que al estudio se dedica
Por copias y por malas traducciones.

Méprisez et laissez-le faire.
Ce Coquin qui sçait dépouiller,
D'un Chien mort, la peau rare et chère;
Tel Chien, et sans être Linier,
Mais vivant, d'un coup - d'œil sévère,
Le feroit fuir, et ventre à terre.

X X I V.

LE PERROQUET, LE GEAY ET LA PIE.

Un Geay voulut qu'un Perroquet,
A son goût, parlant mieux qu'un homme,
Bien mieux aussi lui montrât comme
Avec élégance, on parloit.
Il prend leçon. Dès la première,
Il croit être habile et pouvoir
A la Pie, enseigner, d'une voix sure et claire,
Sur l'art de Prononcer, tout son rare sçavoir;
Et par ce beau moyen, la Pie
Fut bientôt au rang des Docteurs,
Des Docteurs qui le sont d'après quelque copie,
Et qui, voulant donner l'essor à leur génie,
Se traînent sur les pas des bronchans Traducteurs.

X X V.

EL LOBO Y EL PASTOR

Cierto Lobo, hablando con cierto Pastor,
Amigo, (le dixo) yo no sé por qué
Me has mirado siempre con odio y horror.
Tiénesme por malo; no lo soi á fe.

¡Mi piel en hibierno qué abrigo no da!
Achaques humanos cura mas de mil :
Y otra cosa tiene, que seguro está
Que la píquen Pulgas ni otro insecto vil.

Mis unnas no trueco por las del Texon,
Que contra el mal de ojo tienen gran virtud.
Mis dientes ya sabes quan útiles son,
Y á quántos con mi unto he dado salud.

El Pastor responde : perverso animal,
Maldígate el cielo, maldígate, amen !
Después que estás harto de hacer tanto mal,
¿Qué importa que puedas hacer algun bien

Al Diablo los doi
Tantos libros lobos como corren hoi.

XXV.

LE LOUP ET LE BERGER.

Avec certain Berger, certain Loup conversant,
Disoit : — Mais pourquoi donc te fais-je de la peine ?
Si tu lances sur moi le coup-d'œil de la haine,
    C'est que tu me crois un méchant :
      Ah ! le suis-je donc tant ?
      Que de biens ma fourrure
    Fait à l'homme pendant l'hiver !
Pour éloigner de lui mille maux, elle est sure,
Et toujours, son tissu fut respecté du ver.
Les ongles du Blaireau, reconnus pour remède
      Contre tout mal des yeux,
      Bien loin que je leur cède,
    Les miens font cent fois mieux ;
    Ma dent est justement vantée
    Pour sa douceur et son utilité.
Ma graisse avec succès est toujours employée
      Et vous rend la santé.
    Le Berger : — Animal féroce,
Peut-on trop te maudire ? Ah ! ton courroux atroce
Ne se repait-il pas des plus cruels forfaits ?
      Et tu prétends, après,
    M'offrir une futile amorce,

XXVI.

EL LEON Y EL AGUILA

EL Aguila y el Leon
Gran conferencia tuvieron
Para arreglar entre sí
Ciertos puntos de gobierno.

Dió el Aguila muchas quexas
Del Murciélago, diciendo :
¿ Hasta quando este avechucho
Nos ha de traher revueltos?
Con mis Páxaros se mezcla,
Dándose por uno de ellos;
Y alega varias razones,
Sobre todo, la del vuelo.
Mas, si se le antoja, dice :
Hocico, y nó pico tengo.
¿ Como Ave queréis tratarme?
Pues Quadrúpedo me vuelvo.
Con mis Vasallos murmura
De los Brutos de tu imperio;
Y quando con éstos vive,
Murmura tambien de aquéllos.

Pour te faire louer de quelques vains bienfaits ?

      Ainsi que lui, je donne au diable
      Un auteur loup, vil, odieux,
      Qui fit un livre dangereux,
   Et veut encor passer pour raisonnable.

XXVI.

LE LION ET L'AIGLE.

L'AIGLE avec le Lion, pour régler leurs États,
Sur différens sujets, eut d'importans débats.
Elle se plaint et dit : — Mais enfin dans quel Ordre
      Mettrons-nous la Chauve-Souris ?
Ah ! depuis trop long-temps, on doit être surpris
Qu'elle soit entre-nous un sujet pour nous mordre.
Par son genre équivoque, on voit cet animal,
De mes charmans oiseaux, prétendre être l'égal.
      Sur mille raisons il se fonde,
Et sur-tout sur son vol. C'est se moquer du monde ;
Car, souvent, par malice, il dit, d'un ton nouveau :
Comme animal volant, voulez-vous que je cède
A vos loix ? aussi-tôt je me fais quadrupède.
Auprès de mes sujets, il se moque des tiens ;
Avec les tiens, bientôt, il se moque des miens.
— Fort bien, dit le Lion, par mes crins, je te jure
Que je vais, pour toujours, de mes Etats l'exclure.

Está bien, dixo el Leon :
Yo te juro que en mis reinos
No éntre mas. Pues en los mios,
Respondió el Aguilla, ménos.

Desde entónces solitario
Salir de noche le vemos;
Pues ni alados ni patudos
Quieren ya tal compannero.

Murciélagos literarios,
Que hacéis á pluma y á pelo,
Si queréis vivir con todos,
Miráos en este espejo.

L'Aigle

L'Aigle dit : — Dans les miens, au nombre des
proscrits,
Je mets et pour toujours, même toute sóuris.
Depuis ce tems, la Chauve étant sans compagnie,
Quadrupèdes, Oiseaux, aucun d'eux ne lui rit;
>   Et seulement, pendant la nuit,
>   On la voit, pour chercher sa vie,
>   N'osez sortir qu'à petit bruit.

>   Chauves-Souris littérateurs,
> Qui vous parez du poil et de la plume,
> Dans ce miroir, voyez les grands honneurs
>   Que l'on obtient dans ce costume.

C

XXVII.

LA MONA.

Aunque se vista de seda
La Mona, Mona se queda.
El refran lo dice así :
Yo tambien lo diré aquí;
Y con eso lo verán
En fábula y en refran.

Un trage de colorines,
Como el de los Matachines,
Cierta Mona se vistió;
Aunque mas bien creo yo
Que su Amo la vestiría,
Porque difícil sería
Que tela y Sastre encontrase.
El refran lo dice : pase.

Viéndose ya tan galana,
Saltó por una ventana
Al tejado de un vecino,
Y de allí tomó el camino
Para volverse á Tetuan.
Esto no dice el refran;
Pero lo dice una historia,
De que apénas hai memoria,

XXVII.

LA GUENON.

QUOIQUE de soie, élégamment parée,
Une Guenon sera toujours Guenon.
C'est un proverbe. Aussi trouvera-t-on,
Qu'à ce vieux mot, ma fable est adaptée,
Et pourra-t-on choisir l'une ou l'autre façon
      Dont la morale est présentée.

Certaine Guenon trouve un singulier habit,
      Baroque, bigaré, semblable
A celui d'Arlequin; il lui semble admirable,
      Et la voilà qui, fière, s'en vêtit.
Je pense cependant qu'il est bien plus croyable
      Que son maître, de bonne-humeur,
Lui donna cet habit; car il est difficile
A Guenon de trouver l'étoffe et le tailleur.
(C'est encor un proverbe et je laisse au censeur
      Judicieux, habile,
      A peser sa valeur.)
Se voyant, se croyant d'une rare élégance,
      Par la fenêtre, elle sauta
      Dessus un toit, et de-là projetta
D'aller à Tétuan, le lieu de sa naissance.

Por ser el Autor mui raro;
(Y poner el hecho en claro
No le habrá costado poco.)
- El no supo, ni tampoco
He podido saber yo,
Si la Mona se embarcó,
O si rodeó tal vez
Por el Ismo de Süez :
Lo que averiguado está
Es que por fin llegó allá.

Vióse la Sennora mia
En la amable compannia
De tanta Mona desnuda;
Y cada qual la saluda
Como á un alto personage,
Admirándose del trage,
Y suponiendo sería
Mucha la sabiduría,
Ingenio y tino mental
Del petimetre animal.

Opinan luego al instante,
Y *nemine discrepante*,
Que á la nueva compannera
La direccion se confiera
De cierta gran correría
Con que buscar se debía
En aquel pais tan vasto
La provision para el gasto

Sur ce qui suit, le proverbe se tait;
Mais tout le monde sait
D'un auteur assez rare, une assez rare histoire,
Qu'il eut beaucoup de peine à dire et faire croire.
Il ignoroit, quoiqu'il eût de l'esprit,
(Je n'en puis dire davantage,
Et mieux que lui qui pourroit l'avoir dit ?)
Si, partant pour son grand voyage,
Notre charmante Guenon prit
Soit une cariole, ou plutôt une barque.
Dans tous les cas, cependant, je remarque
Qu'à l'isle de Suez, enfin elle arriva.
La princesse donc se trouva
Au milieu des Guenons, société charmante,
Et bien que sans habit.
Le sien les éblouit.
On la salue, on la trouve importante.
Son air de cour, à tel point les enchante,
Qu'on lui croit, à l'excès, du sens et de l'esprit.
Bientôt, la nouvelle arrivée,
(*Et nemine discrepante.*)
Vu son ton et sa qualité,
Par préférence fut chargée
D'une expédition
Vraiment intéressante :
Celle d'aller chercher une provision
Qui pût être, à leur nation,
Pour long-tems, suffisante.

De toda la Mona tropa.

(¡ Lo que es tener buena ropa!)

La Directora, marchando

Con las huestes de su mando,

Perdió, no sólo el camino,

Sinó, lo que es mas, el tino;

Y sus necias Companneras

Atravesaron laderas,

Bosques, valles, cerros, llanos,

Desiertos, rios pantanos;

Y al cabo de la jornada

Ninguna dió palotada :

Y eso que en toda su vida

Hicieron otra salida

En que fuese el Capitan

Mas tieso, ni mas galan.

Por poco no queda Mona

A vida con la intentona;

Y vieron por experiencia

Que la ropa no da ciencia.

Pero sin ir á Tetuan,

Tambien acá se hallaran

Monos que, aunque se vistan de Estudiantes,

Se han de quedar lo mismo que eran ántes.

Alors cette Surintendante ,
A la tête d'un escadron ;
Dans ce vaste pays , trop hardiment errante ,
Perd son chemin , qui plus est , sa raison.
La voilà , cette folle et ses folles compagnés ,
Traversant les bois , les montagnes ,
Les plaines , les marais , les torrens , les déserts ;
Et leur commission ; après un long voyage ,
N'offrit , au lieu de fruits , qu'un pompeux étalage
D'extravagance et de revers.
Mais aussi , de toute leur vie ,
Elles ne firent de sortie
Où le Capitaine ait été
Plus magnifique et plus fêté.
Peu s'en fallut , après cette fausse mesure ,
Que des singes , sans alimens ,
On ne vit expirer toute progéniture ,
Ils apprirent , à leurs dépens ,
Que les riches habits ne font pas les savans.

De Tétuan , sans faire le voyage ,
On voit ici des singes qui , malgré
Le masque d'une robe ou d'un manteau fouré ,
Font , comme auparavant , un très-sot personnage.

e 4

XXVIII.

EL ASNO Y SU AMO

SIEMPRE acostumbra hacer el vulgo necio
De lo bueno y lo malo igual aprecio.
Yo le doi lo peor, que es lo que alaba.
De este modo sus yerros disculpaba
Un Escritor de farsas indecentes;
Y un taimado Poeta que lo oía,
Le respondió en los términos siguientes:
Al humilde Jumento
Su Duenno daba paja, y le decía:
Toma, pues que con eso estás contento.
Díxolo tantas veces, que ya un dia
Se enfadó el Asno, y replicó: Yo tomo
Lo que me quieres dar; pero, hombre injusto,
¿Piensas que sólo de la paja gusto?
Dame grano, y verás si me le como.
Sepa quien para el público trabaja,
Que tal vez à la plebe culpa en vano;
Pues si en dándola paja, come paja,
Siempre que la dan grano, come grano.

XXVIII.

LE BAUDET ET SON MAITRE.

—C'est un usage ancien :
L'imbécile vulgaire
Ne distingua jamais le mal d'avec le bien ;
Et, depuis long-tems, je sais bien
Que le pire est ce qu'il préfère.
C'étoit ainsi qu'excusoit son erreur,
Certain petit auteur
De quelque farce pitoyable.
Un poète l'entend. Comme il étoit censeur,
Il lui fit sur-le-champ, mot pour mot, cette fable.

A la Bête que l'on connoît
Pour être sobre et des plus patientes,
Celle que l'on nomme Ane, un maître ne donnoit
Que de la paille, et toujours lui disoit :
—Régales-toi, puisque tu t'en contentes.
Ce dur propos répété trop souvent
Offensa l'Ane enfin, et voici sa réplique :
=Tant simple que soit l'aliment
Dont tu veux me nourrir, toujours j'en suis content,
Pour être mieux, jamais je ne fis de supplique.
Homme cruel, eh bien ! donne-moi du froment,

e 5

XXIX.

EL GOZQUE Y EL MACHO DE NORIA

Bien habrá visto el Lector
En hostería ó convento
Un artificioso invento
Para andar el asador.
Rueda de madera es
Con escalones; y un Perro
Metido en aquel encierro
La da vueltas con los pies.
Parece que cierto Can
Que la máquina movía,
Empezó á decir un dia :
Bien trabajo; y ¿ qué me dan?
¡Como sudo! ai, infeliz!
Y al cabo, por grande exceso,
Me arrojarán algun hueso
Que sobre de esa perdiz.
Con mucha incomodidad
Aquí la vida se pasa :
Me iré, no sólo de casa,
Mas tambien de la ciudad.
Apénas le dieron suelta,

Et bientôt, tu verras comment
De goûter le grain je me pique.

C'est à tort qu'au Public pour lequel on travaille,
On voudroit reprocher de préférer la paille.
Si par fois il en avala, ‗
C'est qu'on ne lui donnoit, par malheur, que cela.

―――――――――――――

XXIX.

LE BASSET ET LA MULE.

LEQUEL de mes lecteurs n'a pas eu connoissance
D'une invention simple et pourtant d'importance,
Pour tourner une broche. On la voit si souvent
Dans quelqu'auberge ou bien quelque couvent !
Un escalier de bois, en forme de rouage,
Avec un Chien logé-là comme en cage,
Sans cesse y galopant :
Tel est cet instrument.

On dit, qu'un jour, certain Caniche,
Très-fatigué de tourner dans sa niche,
Dit, sur un lamentable ton :
⸺Je travaille si fort ! et que me donne-t-on ?
Par fois, en se levant de table,
Par grace enfin, pour payer mes travaux,
On me jette bien loin, et d'un ton pitoyable,

e 6

Huyendo con disimulo,
Llegó al campo, en donde un Mulo
A una noria daba vuelta.

Y no le hubo visto bien,
Quando dixo : ¿ Quien va allá ?
Parece que por acá
Asamos carne tambien.

No aso carne; que agua saco,
(El Macho le respondió,)
Eso tambien lo haré yo,
(Saltó el Can) aunque estói flaco.

Como esa rueda es mayor,
Algo mas trabajaré.
¿ Tanto pesa?..... Pues ¿ y qué?
¿ No ando la de mi asador?

Me habrán de dar, sobre todo,
Mas racion, tendré mas gloria....
Entónces el de la noria
Le interrumpió de este modo :

Que se vuelva le aconsejo
A roliëar su asador;
Que esta empresa es superior
A las fuerzas de un Gozquejo.

¿ Miren el Mulo bellaco,
Y qué bien le réplicó!
Lo mismo he leido yo
En un tal Horacio Flaco,

D'une perdrix les petits os!
Dans les tourmens de cet état servile,
Je perds ma vie et je suis aux abois.
　　Je veux sortir, tout à-la-fois,
　　Et du logis et de la ville.
　　Pour s'enfuir, il saisit l'instant
　　Où, venant de finir sa tâche,
　　Par grande faveur, on le lâche.
Il s'esquive et se jette aussi-tôt dans un champ
Où l'on voit, d'une pompe, une roue agitée
Par les pieds d'une mule active et renfermée.
—Ah! ah! comment? quoi! dans ce quartier-ci,
Lui dit-il, quand il crut l'avoir bien reconnue,
　Si je n'ai pas, comme on dit, la brelue,
　　A rôtir on s'occupe aussi?
=Je fais monter de l'eau, non cuire de la viande,
　Répond la mule à sa sotte demande.
—Bon! riposte le Chien, quoique petit basset,
Je ferai, comme vous, jouer ce tourniquet.
La roue en paroit grande. Eh bien! mon grand
　　　　　　　　　　　　courage
　　　Y brillera bien davantage.
Est-elle donc si lourde? Après tout, il faut voir.
N'ai-je pas fait marcher celle du rotissoir?
Mais il faut me donner à manger, même à boire,
Dans la proportion du mal et de ma gloire.
　　　La tourneuse du tourniquet
　　　Interrompt alors son caquet.

Què á un Autor da por gran yerro
Cargar con lo que despues
No podrá llevar : esto es,
Que no ande la noria el Perro.

= Retourne-t-en, dit-elle, à ta besogne ancienne,
Et ne prétends jamais t'employer à la mienne :
  Va-t-en, crois moi, je te le dis tout net ;
    Va-t-en, sans faire la grimace ;
  Car de beaucoup mon ouvrage surpasse
      Les forces d'un pauvre roquet.

    Le voyez-vous ce fin Mulet,
    Comme il lui parle avec prudence !
Chez Horace, autrefois, j'ai lu même sentence.
      Et, si j'en ai le souvenir bien net,
Il y blame un auteur qui se charge de faire
Quelqu'ouvrage trop fort. Il lui dit de se taire.
      N'est-ce donc pas dire au Basset :
      Ne va jamais au tourniquet ?

X X X.

EL ERUDITO Y EL RATON.

EN el quarto de un célebre Erudito
Sé hospedaba un Raton, Raton maldito,
Que no se alimentaba de otra cosa
Que de roerle siempre verso y prosa.
　　Ni de un Gatazo el vigilante zelo
Pudo llegarle al pelo,
Ni extrannas invenciones
De varias ó ingeniosas ratoneras,
O el rejalgar en dulces confecciones
Curar lograron su incesante anhelo
De registrar las doctas papeleras,
Y acribillar las páginas enteras.
　　Quiso luego la trampa
Que el perseguido Autor diese la estampa
Sus obras de eloqüencia y poesía:
Y aquel bicho travieso,
Si ántes lo manuscrito le roía,
Mucho mejor roía ya lo impreso.
　　Qué desgracia la mia!
(El Literato exclama :) ya estói harto
De escribir para gente roedora;

XXX.

LE LITTÉRATEUR ET LE RAT.

CHEZ un célèbre et parfait érudit,
Un Rat s'étoit logé. C'étoit un Rat maudit ;
  Qui ne vivoit pas d'autre chose
  Que de ses vers ou de sa prose.
Le zèle vigilant du plus adroit de Chats
Étoit toujours trompé par le plus fin des Rats.
  Ni le secours de mainte souricière,
D'invention subtile et de forme étrangère ;
  Ni l'arsenic, masqué sous du bonbon,
Rien ne peut attraper son appétit glouton ; —
   Et toujours il préfère
   L'ouvrage du sçavant ,
   Et presque à chaque instant,
   Sous sa perfide dent,
   Plus d'une page entière
   Périt subitement.
L'auteur, croyant trouver un nouveau stratagême,
  Pour échapper à son malheur,
  Vite, livre à son imprimeur
Des œuvres d'éloquence ; avec certain poëme ;
  Mais notre rongeur s'en moqua.
Manuscrit, imprimé ; sans choix, tout il croqua.
 — Ah ! quel tourment ! quelle disgrace !

Y por no verme en esto, desde ahora
Papel blanco no mas habrá en mi quarto.
Yo haré que este desórden se corrija....
Pero sí : la traidora sabandija,
Tan hecha á malas mannas, igualmente
En el blanco papel hincaba el diente.
    El Autor, aburrido,
Echa en la tinta dósis competente
De soliman molido :
Escribé (yo no sé si en prosa ó verso :)
Devora, pues, el animal perverso ;
Y revienta, por fin.... ¡ Feliz receta!
(Dixo entónces el crítico Poeta :)
Quien tanto roe, mire no le escriba
Con un poco de tinta corrosiva.
    Bien hace quien su crítica modera;
Pero usarla conviene mas severa
Contra censura injusta y ofensiva,
Quando no hablar con síncero denuedo
Poça razon arguye, ó mucho miedo.

S'écria l'homme docte. Enfin je suis trop las,
D'écrire pour nourrir cet animal vorace.
Quel moyen donc trouver pour sortir d'embarras,
Pour tuer cet abus ?. Voyons. Je me recueille.

   Bon : je le trouve, et désormais,
   Je ne mets dans mon porte-feuille
   Que du papier blanc .... mais
   Ne voilà-t-il pas que la bête,
   Et dévorante et malhonnête,
   A ses habitudes tenant ;
Sur ses vierges cahiers, exerce encor sa dent,
   L'auteur la donne au diable,
   Et, suivant son dépit,
   Il cherche, invente .... enfin il mit
   La dose convenable....
De sublimé. Sur-le-champ il écrit.
   Seroit-ce en vers ou bien en prose ?
   Cela ne fait rien à la chose.
   De sçavoir, il suffit
Que, suivant son instinct, cette bête envieuse
De sa production contre la gent rongeuse,
   Se régala ; puis subito périt.
   —Ah ! quelle excellente recette !
   Dit alors le malin poëte.

Vous qui mettez, méchant, tant de goût à ronger,
   Redoutez que, pour se venger,
   Tôt ou tard, on ne vous écrive

XXXI.

LA ARDILLA Y EL CABALLO.

MIRANDO estaba un Ardilla
A un generoso Alazan,
Que, dócil á espuela y rienda,
Se adestraba en galopar.
  Viéndole hacer movimientos
Tan veloces, y á compas,
De aquesta suerte le dixo
Con mui poca cortedad :
      Sennor mio,
      De ese brio,
      Ligereza,
      Y destreza
      No me espanto ;
      Que otro tanto
Suelo hacer, y acaso mas.
      Yo soi viva,
      Soi activa ;
      Me menéo,
      Me paséo ;
      Yo trabajo,
      Subo y baxo ;

De bonne encre bien corrosive.

Un critique judicieux
Fait très-bien, quand il se modère ;
Mais il fait encor mieux,
Contre un satyrique odieux,
S'il se montre sévère,
Ne lui pas montrer franchement
Son ignorante maladresse,
C'est avouer, tacitement,
Qu'on a peu de raisons, ou bien trop de foiblesse.

XXXI.

L'ECUREUIL ET LE CHEVAL.

UN Ecureuil jaloux, fixement regardoit
Un superbe Alesan, généreux, mais docile,
Qui, sous un Ecuyer habile,
A l'éperon comme au mord répondoit
Et légèrement galopoit.
Il observe bien sa manière,
Ses mouvemens si prompts, si mesurés,
Et s'avise, après, de lui faire
Cette apostrophe singulière,
En petits mots, sans façon préparés :
— De ta vîtesse,

No me estói quieta jamas.

El paso detiene entónces
El buen Potro, y mui formal,
En los términos siguientes
Respuesta á la Ardilla da :

Tantas idas

Y venidas,

Tantas vueltas

Y revueltas

(Quiero , amiga ,

Que me me diga)

¿ Son de alguna utilidad?

Yo me afano;

Mas nó en vano.

Sé mi oficio;

Y en servicio

De mi Duenno

Tengo empenno

De lucir mi habilidad.

Con que algunos Escritores
Ardillas tambien serán,
Si en obras frívolas gastan
Todo el calor natural.

De ton adresse,
De ta vigueur,
Mon cher. Seigneur,
Point ne m'étonne.
Communément,
J'en fais autant,
Et je me donne
Pour plus actif,
Je suis si vif!
Je me promène,
Je me démène,
Monte et descends,
A perdre haleine,
Non pas sans peine;
Mais tous mes sens
Ont plus de gêne,
Tant ils sont chauds,
Dans le repos !
Modérant sa vitesse,
Le bel et bon Cheval
Répond, avec sagesse,
Au petit animal :
≡ Quoi ! tant de tours et de retours,
De bons, de sauts, joignons-y la gambade ;
Aller, venir, grimper ou descendre toujours!
Dites-moi, mon cher camarade,
Quelle sorte d'utilité
Peut avoir cette activité?

XXXII.

EL GALAN Y LA DAMA.

Cierto Galan á quien Paris aclama
Petimetre del gusto mas extranno,
Que quarenta vestidos muda el anno,
Y el oro y plata sin temor derrama,

Celebrando los dias de su Dáma,
Unas hebillas estrenó de estanno,
Sólo para probar con este enganno
Lo seguro que estaba de su fama.

¡Bella plata! qué brillo tan hermoso!
(Dixo la Dama :) viva el gusto y númen
Del Petimetre en todo primoroso!

Y ahora digo yo llene un volúmen
De disparates un Autor famoso,
Y si no le alabaren, que me emplumen.

De

De ma fatigue, moi, fier, j'ai bon droit de l'être.
Je remplis mon devoir; je veux plaire à mon maître,
Et briller à ses yeux par mon habileté.

D'un Ecureuil, ils ont la tête folle,
Ces petits écrivains,
De leur chaleur si vains,
Quand elle a cadencé quelqu'ouvrage frivole,
Qui fait la cabriole.

XXXII.

LE GALANT ET LA DAME.

CERTAIN Galant, à Paris, très-vanté
Comme un grand petit-maître, au goût le plus bizare,
(Chaque jour, chaque habit, le plus beau, le plus
                                        rare,)
Épuisoit follement sa prodigalité.
            A la fête de sa maitresse,
Il étrenna des boucles d'étain pur.
Du succès de son goût, par cette gentillesse,
    Voulant prouver combien il étoit sûr;
Le superbe métal! Quelle couleur brillante!
    Lui dit la Dame : elle m'enchante.
Vive à jamais le génie et le goût

                                    f

XXXIII.

EL AVESTRUZ,

EL DROMEDARIO Y LA ZORRA.

PARA pasar el tiempo congregada
Una tertulia de Animales varios,
(Que tambien entre Brutos hai tertulias)
Mil especies en ella se tocaron.

Hablóse allí de las diversas prendas.
De que cada Animal está dotato :
Este á la Hormiga alaba, aquél al Perro,
Quién á la Abeja, quién al Papagayo.

Nó (dixo el Avestruz :) en mi dictámen,
No hai mas bello Animal que el Dromedario.
El Dromedario dixo : Yo confieso
Que sólo el Avestrux es de mi agrado.

Ninguno adivinó por qué motivo
Tan raro gusto acreditaban ambos.
¿Será porque los dos avultan mucho?
O por tener los dos los cuellos largos?

¿O porque el Avestruz es algo simple,
Y no mui advertido el Dromedario?
¿O bien porque son feos uno y otro?

Du plus bel élégant. Comme il excelle en tout!

Et moi je dis, lecteur, sans que tu m'interroges,
　　　　Une très-grande vérité :
Tel Auteur jouissant de la célébrité,
Vint-il à faire un livre en discours d'allobroges,
Je veux être berné, s'il n'obtient des éloges.

XXXIII.

L'Autruche, le Dromadaire et le Renard.

Dans un cercle choisi de divers Animaux,
(Car, pour passer leur tems, les bêtes elles-mêmes
Font cercle, et l'on y voit résoudre des problêmes.)
Dans celui-ci, s'agite un point des plus moraux :
On y pèse, on y dit chacun ce qu'il estime
　　　　Beau, bon, estimable et sublime
Dans les dons que reçut tel ou tel animal,
　　　　Pour distinguer son caractère,
　　　　Et par lesquels on le préfère
A la bête qui croit voir en lui son égal.
L'un vantoit la Fourmi, l'autre chantoit l'Abeille,
Celui-ci pour le Cerf, celui-là pour le Chien,
Penoit; quand, dit l'Autruche : — Ah ! vraiment,
　　　　　quant au mien,

¿O porque tienen en el pecho un callo?
    O puede ser tambien.... No es nada de eso,
(La Zorra interrumpió:) ya dí en el caso.
¿Sabéis por qué motivo el uno al otro
Tanto se alaban? Porque son paisanos. (*)

    En efecto, ambos eran Berberiscos;
Y no fué juicio, nó, tan temerario
El de la Zorra; que no pueda hacerse
Tal vez igual de algunos Literatos.

(*) *Amor patriæ ratione valentior omni.*
    OVID, Ex Ponto Epist. III. Lib. I.

Mon Animal parfait . . . . (point de bête pareille;)

Je crois et je soutiens

Que c'est le Dromadaire.

Le Dromadaire dit : = Et, pour moi, je conviens

Que seule, vous Autruche, avez droit de me plaire.

Eh bien ! la devinera-t-on,

De ce beau jugement la raison singulière ?

C'est que tous deux ils ont la taille grande et fière;

Ou que tous deux encor ont un col mince et long;

Ou que le Dromadaire et l'Autruche, de même,

Ont la marche, le ton, l'esprit d'un Nicodême;

Ou que l'un comme l'autre est laid à faire peur,

Et porte à l'estomac une dure grosseur;

Ou peut-être . . . . Arrêtez, dit le Renard habile,

Je n'adopte pour juste aucun de ces avis.

Ils s'aiment. Je l'explique, et sans tour inutile :

C'est que tous deux sont du même pays.

En effet, l'un et l'autre étoit bon barbaresque;

Et le mot du Renard ne paroît point burlesque,

Quand on sçait que plus d'un Auteur

De son compatriote obtint toute faveur.

f 3

XXXIV.

EL CUERVO Y EL PAVO.

Pues, como digo, es el caso,
(Y vaya de cuento)
Que á volar se desafiaron
Un Pavo y un Cuervo.

Al término sennalado
Quál llegó primero,
Considérelo quien de ambos
Haya visto el vuelo.

Aguárdate (dixo el Pavo
Al Cuervo de léjos :)
¿Sabes lo que estói pensando?
Que eres negro y feo.

Escucha : tambien reparo,
(Le gritó mas recio)
En que eres un paxarraco
De mui mal agüero.

Quita allá, que me das asco,
Grandísimo puerco;
Sí, que tienes por regalo
Comer cuerpos muertos.

XXXIV.

LE CORBEAU ET LE PAON.

TOUT comme je le dis, les choses arrivèrent.
(Je le donne pourtant pour un conte nouveau.)
   Un jour, le Paon et le Corbeau,
    Au vol se défièrent.
  Lequel des deux, le premier, touchera
    Le but de la carrière ?
  Qui de chacun connoît bien la manière,
    Seul le devinera.
—Ho! gare ! dit le Paon, à certaine distance,
(Tout en volant) sçais-tu ce que de toi je pense?
C'est que tn n'es qu'un noir et vilain animal.
Ecoute : je t'observe et n'observe pas mal,
Lui cria-t-il après, d'une voix bien plus dure,
Tu n'es qu'un triste oiseau du plus mauvais augure.
Va, quitte la partie.... Ah ! tu fais mal au cœur,
Cochon des plus cochons, toi qui fuis la besogne
  De tout oiseau courageux et chasseur,
  Et qui, glouton, places tout ton bonheur,
  Tranquillement, à manger la charogne.
  = Tous ces propos, répondit-il,
   S'écartent bien loin de la thèse.
Il s'agit seulement de voir, ne vous déplaise,
     f 4

Todo eso no viene al caso,
(Le responde el Cuervo;)
Porque aquí sólo tratamos
De ver qué tal vuelo.
    Quando en las obras del sabio
No encuentra defectos,
Contra la persona cargos
Suele hacer el necio.

XXXV.

LA ORUGA Y LA ZORRA.

SI se acuerda el Lector de la tertulia
En que, á presencia de Animales varios,
La Zorra adivinó por qué se daban
Elogíos Avestruz y Dromedario;
    Sepa que en la mismísima tertulia
Un dia se trataba del Gusano
Artífice ingenioso de la seda,
Y todos ponderaban su trabajo.
    Para muestra presentan un capullo;
Exáminanle; crecen los aplausos;
Y aun el Topo, con todo que es un ciego,
Confesó que el capullo era un milagro.
    Desde un rincon la Oruga murmuraba

Lequel est, de nous deux, au vol, le plus subtil.

> Lorsque dans quelqu'ouvrage ;
> Fût-ce même d'un sage,

Un sot ne peut trouver le plus léger défaut,
Il va toujours criant, même, beaucoup plus haut,
Et contre l'Auteur seul, il exhale sa rage.

XXXV.

LA CHENILLE ET LE RENARD.

Si mon lecteur a gardé la mémoire
Du cercle d'animaux, où le Renard malin
> Devina ce qu'il falloit croire
> Sur ce qu'on voit le Dromadaire enclin
A célébrer l'Autruche, et l'Autruche de même
A prouver qu'envers lui, son estime est extrême ;
Il sçaura, mon lecteur, supposé curieux,
> Que, dans cette même assemblée,
> Un autre jour, la matière agitée
> Présentoit l'examen du Ver ingénieux,
Fabricateur de soie, ouvrier merveilleux.
Chacun de son travail admiroit la finesse,
> Quand, pour échantillon,
> On vient à montrer son cocon.
De bien l'examiner, tout le monde s'empresse ;

En ofensivos terminos, llamando

La labor admirable, friolera,

Y á sus elogiadores, mentecatos.

Preguntábanse, pues, unos á otros :

¿ Por qué este miserable Gusarapo

El único ha de ser que vitupere

Lo que todos acordes alabamos ?

Saltó la Zorra, y dixo : ¡ Pese á mi alma!

El motivo no puede estar mas claro.

¿ No sabéis, Comanneros, que la Oruga

Tambien labra cappullos, aunque malos ?

Laboriosos ingenios perseguidos,

¿ Queréis un buen consejo ? Pues, cuidado.

Quando os provoquen ciertos envidiosos,

No hagais mas que contarles este caso.

Et tout le monde aussi le vante avec ivresse.
A ce concert d'éloge, en aveugle animal,
Sur parole, la Taupe ajoutoit sa loquelle,
    Et se montroit prête à chercher querelle
A quiconque oseroit en dire un mot de mal.
   — C'est un chef-d'œuvre, disoit-elle,
    Et de l'art le plus beau modèle.
La Chenille, en un coin, d'un ton fort insolent,
    La contredit, en lui disant :
 = Ce grand chef-d'œuvre est une bagatelle,
Et qui le loue est un sot ignorant.
     Là-dessus, chacun se demande
     Pourquoi ce pauvre vermisseau
     Se permet une réprimande
Sur ce que tout le cercle a jugé bon et beau ?
Lors le Renard cédant à son impatience :
 = Camarades, dit-il, le motif en est clair.
    La Chenille ne prend cet air
     D'imbécille arrogance,
    Que parce qu'elle-même, en l'air,
Fait aussi des cocons, mais sans goût, sans science.

    Vous gens d'esprit, laborieux,
  La voulez-vous ? Je vous donne l'étrille.
    Pour corriger tout envieux,
  Racontez-lui le fait de la Chenille.

———————

XXXVI.

LA COMPRA DEL ASNO.

AYER por mi calle
Pasaba un Borrico,
El mas adornado
Que en mi vida he visto,
Albarda y cabestro
Eran nuevecitos,
Con flecos de seda
Roxos y amarillos.
Borlas y penacho
Llevaba el Pollino,
Lazos, cascabeles,
Y otros atavios,
Y hechos à tixera
Con arte prolíxo
En pescuezo y anca
Dibuxos mui lindos.
Parece que el Duenno,
Que es, segun me han dicho,
Un Chalan Gitano
De los mas ladinos,
Vendió aquella alhaja
A un Hombre sencillo;

XXXVI.

L'Achat de l'Ane.

Hier, au travers de la rue,
Passoit un certain Bouriquet,
Paré de son harnois le plus beau, le mieux fait
Qui jamais ait frappé ma vue.
Sa têtière et son bât, de neuf étoient brillans,
Et ses galons de soie, en rouge ainsi qu'en jaune,
Étoient également de nouveau pris à l'anne.
Entre bien d'autres ornemens,
On voyoit ce bravache
Porter des grelots et des glands,
Qui plus est, un panache.
Sur son poitrail, se remarquoit
Plus d'une figure jolie,
Dont forcément on admiroit
Et le dessin et l'industrie.
Sans doute que son maître étoit,
(Son vendeur, on l'entend) ainsi qu'on le disoit,
Des plus fins maquignons, le maquignon notable,
Et qu'il vendit ce beau bijou
A quelque simple ou quelque fou;
Lequel (hélas! le pauvre diable!)
Éprouva le plus grand regret
De s'être trouvé si benêt.

Y añaden que al pobre
Le costó un sentido.
Volviendo á su casa,
Mostró á sus Vecinos
La famosa compra;
Y uno de ellos dixo :
Veamos, Compadre,
Si este animalito
Tiene tan buen cuerpo
Como buen vestido.
Empezó à quitarle
Todos los aliños;
Y baxo la albarda,
Al primer registro,
Le hallaron el lomo
Asaz mal-ferido
Con seis mataduras
Y tres lobanillos,
Amén de dos grietas
Y un tumor antiguo
Que baxo la cincha
Estaba escondido.
    Burro (dixo el Hombre)
Mas que el Burro mismo
Soi yo, que me pago
De adornos postizos.
    A fe que este lance
No echaré en olvido ;

De retour au logis, l'âme encor satisfaite,
Il montre à ses voisins, sa magnifique emplette.
L'un d'eux dit, sur-le-champ : — Mais , compère ,
                                    avant tout ,
Voyons si cette bête, en scrutant sa personne ,
              Est aussi belle, est aussi bonne
              Qu'elle est harnachée avec goût.
              Vîte , d'abord , il la dégage
              De tout son pompeux étalage.
On découvre , aussitôt qu'on enlève le bât,
    Sa maigre échine en pitoyable état
                Plus une ou deux enflures ,
                Trois supurations ,
                Et six contusions ,
                Sans compter les gersures.
Pour en rien soupçonner, il falloit être adroit ,
La double sangle , avant, si bien tout effaçoit !
— Que je suis imbécille ! ainsi parla notre homme ,
                Sentant sa faute alors ;
Oui , plus Ane qu'un Ane, une bête de somme ,
Je fus séduit, trompé par de brillans dehors.

Sur ce fait, ma mémoire à jamais sera sûre.
Il s'applique tout juste à l'un de mes amis,
                Faisant l'achat, au plus haut prix ,
D'un livre tout doré, superbe en reliûre,
Qui, jugé bien à fond, ne vaut pas la brûlure.

Púes viene de molde
A un Amigo mio,
El qual á buen precio
Ha comprado un libro
Bien enquadernado,
Que no vale un pito.

XXXVII.

EL BUEI Y LA CIGARRA.

ARANDO estaba el Buei; y á poco trecho
La Cigarra, Cantando, le decía:
¡ Ai , ai ! qué surco tan torcido has hecho !
Pero él la respondió : Sennora mia,
Si no estuviera lo demas derecho,
Usted no conociera lo torcido.
Calle , pues , la haragana reparona ;
Que á mi Amo sirvo bien , y él me perdona
Entre tantos aciertos un descuido.
    ¡ Miren quién hizo á quien cargo tan fútil!
Una Cigarra al Animal mas útil.
Mas ¿ si me habrá entendido
El que á tachar se atreve
En obras grandes un defecto leve ?

XXXVII.

LE BŒUF ET LA CIGALE.

Un Bœuf sagement labouroit.
La Cigale, chantant, sautant auprès, disoit :
Ah ! quel sillon tortu venez-vous là de faire !
Pour lui, sans s'émouvoir, il répliqua : Ma chère !
Vous ne jugeriez pas ce que votre œil sévère
  De travers apperçoit,
  Si tout le reste n'étoit droit.

Critiques, faux, oiseux, apprenez à vous taire.
Celui pour qui j'écris veut bien me pardonner
  Quelque défaut léger,
Lorsque, le plus souvent, j'ai bien fait pour lui plaire.
Voyez à qui, par qui, cette foible leçon
  Étoit injustement adressée :
  Au Bœuf utile et rempli de raison,
  Par la Cigale écervellée.
  Mais celui-là m'aura-t-il bien compris,
  Qui se permet de montrer du mépris
  Pour quelque trait de négligence,
  Dans un ouvrage de science,
  Par d'autres jugé de haut prix.

XXXVIII.

El Guacamayo y la Marmota.

Un pintado Guacamayo
Desde un mirador veía
Cómo un extrangero Payo
(Que Saboyano sería)
　Por dinero una alimanna
Ensennaba mui feota,
Dándola por cosa extranna:
Es á saber, la Marmota.
　Salía de su caxon
Aquel ridículo bicho;
Y el Ave desde el balcon
Le dixo : ¡ Raro capricho!
　Siendo tú fea, ¡que así
Dinero por verte den,
Quando, siendo hermoso, aquí
Todos de valde me ven!
　Puede que seas, no obstante,
Algun precioso Animal:
Mas yo tengo ya bastante
Con saber que eres venal.
　Oyendo esto un mal Autor,

XXXVIII.

LE PERROQUET ET LA MARMOTTE.

UN magnifique Perroquet,
Du haut d'un balcon, regardoit
Comment un étranger rustique
(Un Savoyard sans doute) attiroit la pratique,
Et demandoit un prix, aussi-tôt acquitté,
Pour voir la Curiosité.
Laquelle encor ? Une bête bien sotte,
Une lourde Marmotte.
A chaque instant, troublée en son dormir,
La ridicule bête
Est forcée à sortir
De sa boëte.
Par sa fenêtre, alors, le bel oiseau
Se fâche et dit : — Quel caprice nouveau !
Eh quoi ! si laide, hélas ! se peut-il faire
Qu'en te montrant, on exige un salaire ?
Tandis que moi, superbe, et qui plus est, parlant,
Tout le monde, gratis, peut me voir, en passant.
Je me fusse trompé peut-être,
Te supposant quelque talent fameux ;
Mais j'en sçais plus sur toi, que je ne veux,
Puisque je te vois être.

Se fué como avergonzado. —
¿ Porqué? —— Porque un Impresor
Le tenía asalariado.

XXXIX.

EL RETRATO DE GOLILLA.

DE frase extrangera el mal pegadizo
Hoi á nuestro idioma gravemente aquexa;
Pero habrá quien piense que no habla cartizo,
Si por lo antiquado lo usado no dexa.
Voi á entretenelle con una conseja;
Y porque le traiga mas contentamiénto
En su mesmo estilo referilla intento,
Mezclando dos hablas, la nueva y la vieja.

No sin hartos zelos un Pintor de oganno
Vía cómo agora gran loa y valía
Alcanzan algunos retratos de antanno;
Y el no remedallos á mengua tenía:
Por ende, queriendo retratar un dia
A cierto Rico-home, Sennor de gran cuenta,
Juzgó que lo antiguo de la vestimenta
Estima de rancio al quadro dariá.

Segundo Velazquez creyó ser con esto.
Y ansí que del rostro toda la semblanza

Un animal vénal et pourtant toujours gueux.

En apprenant ceci las! un très-mince auteur
Se vit humilié sur ses propres ouvrages,
  Et pourquoi donc? parce qu'un imprimeur
    Le tenoit à ses minces gages.

XXXIX.

LE PORTRAIT A LA FRAISE.

Notre idiôme, à bon droit, peut se plaindre
Du mal contagieux d'un langage étranger;
  Mais tel, de mal parler,
  Aussi nous paroît craindre,
 Dont le goût se plaît à changer
Les mots, les tours pris dans le beau langage
Pour des expressions dont usoit le vieil âge;
  C'est à lui que je vais parler,
  En lui composant une fable;
  Et pour lui paroître agréable,
  Je veux bien la lui raconter
Avec des anciens mots et des nouveaux de même,
  De ce style mêlé, qu'il aime.

   Un peintre remarquoit,
   Non sans beaucoup d'envie,

Hubo trasladado , golilla le ha puesto ,
Y otros atavíos á la antigua usanza.
La tabla á su Dueño lleva sin tardanza ,
El qual espantado fincó , desque vido
Con annejas galas su cuerpo vestido ,
Magüer que le plúgo la faz abastanza.

    Empero una traza le vino á las mientes
Con que al Retratante dar su galardon.
Guardaba , heredadas de sus Ascendientes ,
Antiguas monedas en un viejo arcon.
Del Quinto Fernando muchas de ellas son ,
Allende de algunas de Carlos Primero ,
De entrambos Filipos , Segundo y Tercero :
Y henchido de todas le endonó un bolson.

    Con estas monedas , ó si quier medallas ,
(El Pintor le dice) si voi al mercado ,
Quando me cumpliere mercar vitüallas ,
Tornaré á mi casa con mui buen recado.
Pardiez ! (dixó el otro) ¿ no me habéis pintado
En trage que un tiempo fué mui sennoril ,
Y agora le viste sólo un Alguacil ?
Qual me retratasteis , tal os he pagado.

    Lleváos la tabla ; y el mi corbatin
Pintadme al proviso en vez de golilla ;
Cambiadme esa espada en el mi espadin ,
Y en la mi casaca trocad la ropilla ;
Ca non habrá naide en toda la villa
Que, al verme en tal guisa, conozca mi gesto,

A quel haut prix on estimoit
Les antiques tableaux dont il tiroit copie.
Aussi se faisoit-il un très-grand point d'honneur
De s'en montrer toujours fidèle imitateur.
Ayant un jour à faire en *pourtraiture*,
Un homme riche et de *grand-qualité*,
D'un vieux costume, il charge sa figure
Et croit, par-là, donner à sa peinture
Certain ragoût d'antiquité,
De Velasquès, pensant égaler le beau-faire,
Après avoir rendu du visage les traits,
Il y joint une fraise et la parure entière
D'un bon goût tout nouveau, du tems des Capulets.
Puis, il porte avec zèle,
Ce superbe *pourtrait*,
A son modèle.
Celui-ci, stupéfait
De voir sa figure *acoustrée*
D'une mode si vieille et de plus trop outrée,
Cependant applaudit
De tous ces traits, l'exacte ressemblance,
Il lui vint soudain à l'esprit
Un moyen de donner à ce peintre érudit
En antiques pourpoints, sa juste récompense.
Dans un coffre-fort des plus vieux,
Il conservoit de très-vieilles espèces,
Héritage de ses ayeux.
On en voyoit de rois et de grandes princesses,

Vuestra paga entonce contaros-he presto
En buena moneda corriente en Castilla.

Ora, pues, si á risa provoca la idéa
Que tuvo aquel sandio moderno Pintor,
¿No hemos de reirnos siempre que chochéa
Con ancianas frases un novel Autor?
Lo que es afectado juzga que es primor;
Habla puro á costa de la claridad;
Y no halla voz baxa para nuestra edad,
Si fué noble en tiempo del Cid Campeador.

Plusieurs

Plusieurs du tems de Ferdinand,
Tant de Charles premier, tant encore, et puis tant...
De qui ? N'importe. Il fait de toutes une somme
Qu'il met en bourse, et qu'il offre à son homme
    Très-étonné d'un tel présent.
— Avec ces pièces-là, disons mieux, ces médailles,
Si je vais au marché, dit le peintre, il est bon
D'observer qu'un marchand me dira : Tu me railles,
Et que je reviendrai léger à la maison.
= Mais, parbleu, lui fit l'autre, après cet équipage
Antique, suranné, ridicule en tout point,
Dont l'alguasil peut seul aujourd'hui faire usage,
Mon très-cher et féal, hé quoi ! ne puis-je point
De votre vieux Portrait, en calcant la manière,
L'employer, à mon tour, pour vous bien satisfaire ?
Mais, plutôt, sur-le-champ, emportez ce Tableau ;
    Effacez-en cette Fraise de veau,
    Et mettez-moi ma cravatte ordinaire ;
    A cette flamberge de guerre,
Que l'élégante épée, en usage à la Cour,
    Soit promptement substituée ;
Et que ce juste-au-corps, d'une coupe oubliée,
Fasse place aussi-tôt à mon habit du jour ;
Car, ainsi fagoté, je n'oserois paraître.
Sous ce déguisement, qui peut me reconnoître ?
Allez. Pour moi, bientôt changeant votre payement,
    En espèces neuves, sonnantes,
    Et dans la Castille courantes,

            g

X L.

LOS DOS HUÉSPEDES.

PASANDO por un Pueblo
De la Montanna
Dos Caballeros mozos,
Buscan posada.

De dos Vecinos
Reciben mil ofertas
Los dos Amigos.

Porque á ninguno quieren
Hacer desaire,
En casa de uno y otro
Van á hospedarse.

De ambas mansiones
Cada Huésped la suya
A gusto escoge.

La que el uno prefiere
Tiene un gran patio,
Y bello frontispicio
Como un palacio:

Sobre la putera
Su escudo de armas tiene
Hecho de piedra.

La del otro á la vista

Vous aurez lieu d'être content.

Or, maintenant, si l'on croit ridicule
Cet idiot de Peintre, avec son vieux talent,
      Ne doit-on pas en dire autant
De ces jeunes auteurs, à l'antique formule;
Prenant pour excellent un jargon affecté,
Et, dans ce siècle heureux, fécond en nouveauté,
Regardant comme bas un terme qui circule,
Pour, selon leur *visée*, *enquérir* les mots vieux,
Et trouver seuls brillans ceux qu'on voyoit *reluire*
      Dans quelque ancienne hégyre,
      Ou, pour parler comme eux,
Dans les temps célébrés du Cid, le valeureux?

X L.

LES DEUX PASSAGERS.

Deux jeunes gens passent par un village,
Cherchant à se loger. Tous deux, suivant l'usage,
En pays de montagne, eurent vîte à choisir,
      Entre deux offres obligeantes
Que leur font deux voisins, rivaux pour ce plaisir.
Crainte de mal répondre à leurs graces charmantes,
Chez l'un, chez l'autre; il vont loger séparément,
Et chaque voyageur choisit tacitement,

No era tan grande;
Mas dentro no faltaba
Donde alojarse;
  Como que había
Piezas de mui buen temple,
Claras y limpias.
  Pero el otro palacio
Del frontispicio
Era, ademas de estrecho,
Obscuro y frio:
  Mucha portada;
Y por dentro desvanes
A teja vana.
  El que allí pasó un dia
Mal hospedado,
Contaba al Compannero
El fuerte chasco;
  Pero él le dixo:
Otros chascos como ése
Dan muchos libros.

Pour logis en partage,
Celle des deux maisons qui lui plaît davantage.

L'une, majestueusement,
Présente une cour spacieuse ,
Avec un frontispice élégant , et dont l'air
Annonce un Palais grand et cher ;
Sa porte noble , fastueuse ,
Est fièrement ornée, et montre un Ecusson
En marbre ou pierre précieuse,
Du meilleur goût , du plus haut ton.
La maison du voisin, bien moins grande à la vue,
Plus simple dans ses ornemens ,
N'était pas moins très-bien pourvue
De très-commodes logemens ;
Les chambres s'y trouvaient saines, bien exposées
Au jour, à la chaleur et décemment meublées;
Tandis que, dès l'entrée, au Palais, on voyoit
Combien il étoit trop étroit,
Et combien sa magnificence,
Elle-même rendoit son ton obscur et froid.
Dans les dehors, belle apparence,
Mais le dedans, si vuide et si mal-sain,
Qu'en levant la tête, soudain,
Entre l'ardoise, on voit du toit la transparence.
Celui qui s'y logea, très-mal réconforté,
Le lendemain, eut bientôt raconté
A son voisin, sa méprise grossière.

g 3

X L I.

El Té y la Salvia.

El Té, viniendo del Imperio Chino,
Se encontró con la Salvia en el camino.
Ella le dixo : ¿ Adonde vas , Compadre ? —
A Europa voi , Comadre ,
Donde sé que me compran á buen precio.
Yo (respondió la Salvia) voi á China ;
Que allá con sumo aprecio
Me reciben por gusto y medecina. (*)
En Europa me tratan de salvage ,
Y jamas he podido hacer fortuna.
Anda con Dios. No perderás el viage ;
Pues no hai Nacion alguna
Que á todo lo extrangero
No dé con gusto aplausos y dinero.
   La Salvia me perdone ;
Que al comercio su máxima se opone.

(*) *Los Chinos estiman tanto la Salvia , que*
por una caxa de esta hierba suelen dar dos , y
á veces tres, de Té verde. Véase el Dicc. de Hist.
Nat. de M. Valmont de Bomare en el articulo
Sauge.

Son ami lui répond : — Combien de fois tenté,
Au seul aspect d'un Livre éclatant de beauté,
Je me vis attrapé de la même manière.

X L I.

LE THÉ ET LA SAUGE.

LE Thé, venant de l'Empire chinois,
Fit rencontre... où ?... ce n'est pas dans un bois...
Bien...; mais de qui?... De la Sauge Française.
Celle-ci dit : — Où vas-tu donc courir ?
= Je cours, je vole en Europe, m'offrir.
Là, de m'avoir, je sais qu'on est fort aise,
Et qu'à l'envi, l'on m'y paie assez cher.
Mais, toi? — Pour moi, répond-elle, mon cher,
De cette Europe, abjurant la cuisine,
Très-hardiment et tout droit, je m'en vas
Faire fortune au pays de la Chine,
Où l'on me croit très-bonne en médecine,
Où, de mon goût, on fait un si grand cas,
Tandis qu'en France, on me prend pour sauvage.
= Va, Dieu t'aidant, tu feras bon voyage;
Car, plus qu'un autre, un Chinois est ardent
A recueillir toute plante exotique ;
Tout ce qui vient de l'étranger le pique,
Il lui prodigue et l'éloge et l'argent.

g 4

Si hablase del comercio literario,
Yo no defendería lo contrario ;
Porque en él para algunos es un vicio
Lo que es en general un beneficio :
Y Espannol que tal vez recitaría
Quinientos versos de Boileau y el Taso,
Puede ser que no sepa todavía
En qué lengua los hizo Garcilaso.

X L I I.

EL GATO, EL LACARTO Y EL GRILLO

ELLO es que hai animales mui científicos
En curarse con varios específicos,
Y en conservar su construccion orgánica
Como hábiles que son en la Botánica ;
Pues conocen las hierbas diuréticas,
Catárticas, narcóticas, eméticas,
Febrífugas, estípticas, prolíficas,
Cefálicas tambien, y sudoríficas.
En esto era gran práctico y teórico
Un Gato, pedantísimo retórico,
Que hablaba en un estilo tan enfático
Como el mas estirado Catedrático.
Yendo á casa de plantas salutíferas,
Dixo á un Lagarto : ¡ Qué ansias tan mortíferas !

Ici la Sauge a pris un ton de plainte,
Et c'est à tort. Du commerce étranger
Il s'agissoit. Mais est-il sans danger ?

J'en dirois donc autant qu'elle, sans crainte,
De ce commerce étranger de l'esprit
Dont, très-souvent, on tire un faux profit.
En général, s'il a quelqu'avantage,
Seroit-ce donc pour l'Espagnol peu sage,
Qui sait par cœur, du Tasse et de Boileau,
Deux mille vers, et prend pour tout nouveau
De Garcilas le précieux ouvrage,
En demandant : Quel est donc son langage ?

XLII.

LE CHAT, LE LÉZARD ET LE GRILLON.

Sans lire aucun livre scientifique,
Le fait est sûr, habile en botanique,
Chaque animal connoît le spécifique
    Propre à sa nature organique,
    Et distingue l'herbe émétique
    Ou desséchante, ou narcotique,
    Ou fébrifuge, ou céphalique,
    Ou bien, enfin, sudorifique.
    Sur ce point, un Chat bien fouré,
    Se disant grand Maître et Juré,

Quiero , por mis turgencias semi-hidrópicas,
Chupar el zumo de hojas *heliotropicas,*

    Atónito el Lagarto con lo éxótico
De todo aquel preámbulo extrambótico ,
No entendió mas la frase macarronica
Que si le hablasen lengua Babilónica.
Pero notó que el charlatan ridículo
De hojas de girasol llenó el ventrículo ;
Y le dixo : Ya , en fin, sennor hidrópico ,
He entendido lo que es zumo *heliotropico.*

    ¡ Y no es bueno que un Grillo, oyendo el diálogo
Aunque se fué en ayúnas del catálogo
De términos tan raros y maguíficos,
Hizo del Gato elegios honoríficos !
Sí; que hai quien tiene la hinchason por mérito ,
Y el hablar liso y llano por demérito.

    Mas ya que esos amantes de hiperbólicas
Cláusulas , y metáforas diabólicas ,
De retumbantes voces el depósito
Apuran , aunque salga un despropósito ,
Caiga sobre su estilo problemático
Este apólogo esdrúxulo-enigmático.

Savoit, d'une manière unique,
La théorie et la pratique,
Et débitoit, d'un ton outré,
En style haut et figuré,
Sa pédantesque rhétorique.
Comme au jardin de Botanique,
Il avoit exprès rencontré
Un Lézard, il dit : —— Je me pique
D'être un sublime connoisseur ;
Car, depuis long-temps, je m'applique
A discerner, pour ma tumeur,
Quelque plante anti-sympatique,
Ou du moins semi-hydropique ;
Enfin, après bien du labeur
Et des fatigues immodiques,
La reconnoissant, par bonheur,
Je mâche le suc et l'odeur
Des feuilles héliotropiques.
Le Lézard, étonné de son ton exotique,
Ne comprenoit pas mieux le tour macaronique
De cet exorde fou, sérieux et comique,
Que s'il eût entendu discours babylonique.
Mais, au milieu de tout ce beau micmac,
Il vit le Chat emplir son estomac,
De Tournesol, des feuilles, c'est-à-dire ;
Lors, il se prit à rire,
Et franchement lui dit :
= Ne faut pas tant d'esprit

La brièveté de la Fable Espagnole force à laisser cet intervalle , afin de ne point intervertir l'ordre typographique établi entre le Texte et la Traduction.

(*Note de l'Imprimeur.*)

Pour deviner, ô Docteur emphatique,
Ce que vous appelez jus héliotropique:
 N'est-il pas bon de remarquer qu'un sot,
Certain petit Grillon, présent au dialogue,
 Quoiqu'il ne sut pas un seul mot
 De ce barbare catalogue,
 Débité si pompeusement,
 Bien loin d'en faire la critique,
Trouvoit le Chat admirable et charmant?

 Ainsi, tel préfère l'enflure
 Et la préconise bien haut,
 Qui regarde, comme un défaut,
 L'expression et simple et pure.
 Mais tous ces grands dicteurs de loix,
 En mots, en tours emblématiques,
 En métaphores diaboliques,
 Qui, sans raison, sans goût, sans choix,
 Par tous les sons amphigouriques,
 Enflent et leur style et leur voix,
 C'est sur leur talent empyrique
 Que doit tomber d'à-plomb, je crois,
Cet apologue enigmati-caustique,

X L I I I.

LA MUSICA DE LOS ANIMALES.

ATENCION, noble auditorio;
Que la bandurria he templado,
Y han de dar gracias quando oigan
La xácara que les canto.
  En la Corte del Leon,
Dia de su cumple-annos,
Unos quantos Animales
Dispusiron un sarao;
Y para darle principio
Con el debido aparato,
Creyeron que una Academia
De música era del caso.
  Como en esto de elegir
Los papeles adequados
No todas veces se tiene
El acierto necesario,
Ni hablaron del Ruisennor,
Ni del Mirlo se acordaron,
Ni se trató de Calandria,
De Xilguero ni Canario.
Ménos hábiles Cantores,
Aunque mas determinados,

XLIII.

LA MUSIQUE DES ANIMAUX.

ATTENTION ! Je viens d'accorder ma guitare.
Vous me devrez, Auditoire savant,
Un superbe remerciement
Pour le charivari qu'ici je vous prépare.

A la Cour du Lion,
A son anniversaire,
Tous les Animaux, pour lui plaire,
Veulent se mettre à l'unisson.
Désirant célébrer dignement cette fête,
Un bal paré bientôt s'apprête,
Et pour mieux faire encor, on ordonne, avant tout,
Comme un prélude très-honnête,
Une musique où chaque bête
Signalera son goût.
Il faut placer, à chacune partie,
L'Animal dont le jeu convient,
Pour qu'elle soit fort bien remplie.
Mais, dans ce cas, très-souvent il advient
Que l'on s'y prend avec folie.

La preuve en est, qu'ici même on oublie
Le tendre Rossignol, le Merle délicat;

Se ofrecieron á tomar
La diversion á su cargo.

   Antes de llegar la hora
Del canticio preparado,
Cada Músico decía:
Ustedes verán qué rato:
Y al fin la capilla junta
Se presenta en el estrado
Compuesta de los siguientes
Diestrísimos Operarios:
Los tiples eran dos Grillos;
Rana y Cigarra, contraltos;
Dos Tábanos, los tenores;
El Cerdo y el Burro, baxos.
Con qué agradable cadencia,
Con qué acento delicado
La música sonaría,
No es menester ponderarlo.
Baste decir que los mas
Las orejas se taparon,
Y por respeto al Leon
Disimularon el chasco.

   La Rana por los semblantes
Bien conoció, sin embargo,
Que habían de ser mui pocas
Las palmadas y los bravos.
Salióse del corro, y dixo:
¡Cómo desentona el Asno!

Et du Chardonneret comme de l'Alouette,

      On fait encor bien moins d'état.

Des chanteurs, d'un talent, certes, bien moins habile,

Par forme d'entreprise, ont jugé très-facile

De s'emparer, chacun, d'un rôle intéressant

      Dans ce beau divertissement.

Avant qu'il ne commence, on entend chaque Artiste

S'écrier : — quel plaisir !.... Jugez-en par la liste.

    Voyez-les tous : Musiciens fameux,

      Par bien plus d'une sérénade,

S'avancer gravement, se placer sur l'estrade,

    Et tous remplis d'un savoir merveilleux.

    La haute-contre est due à la Cigale,

Ainsi qu'à la Grenouille, en chansons son égale.

Le fausset appartient à l'allègre Grillon,

Cent Taons ensemble font ronfler le faux-bourdon.

    Quant à la basse, au Porc joint avec l'Ane,

      On la donne à remplir.

Peut-on se figurer quel hourvari prophane

De tout cet assemblage, on entendoit sortir ?

    Aussi, loin de crier merveilles !

    Beaucoup se bouchent les oreilles,

    Ou, par respect pour le Lion,

Cherchent à déguiser leur triste attention.

La Grenouille aperçut alors, à la figure

De tous les spectateurs, la mauvaise aventure

Du Concert et craignit qu'au-lieu du mot *Bravo !*

Sur les musiciens, on ne criât *Haro !*

Este replicó : Los tiples
Sí que están desantonados.
Quien lo echa todo á perder ,
(Annadió un Grillo chillando)
Es el Cerdo. Poco á poco ,
Respondió luego el Marrano :)
Nadie desafina mas
Que la Cigarra , contralto.
Tenga modo , y hable bien ,
(Saltó la Cigarra :) es falso :
Esos Tábanos tenores
Son los autores del danno.
    Cortó el Leon la disputa ,
Disciendo : Grandes bellacos ,
¿Antes de empezar la solfa
No la estabais celebrando ?
Cada uno para sí
Pretendía los aplausos,
Como que se debería
Todo el acierto á su canto ;
Mas viendo ya que el concierto
Es un infierno abreviado ,
Nadie quiere parte en él,
Y á los otros hace cargos.
Jamas volváis á poneros
En mi presencia : mudáos ;
Que si otra vez me cantáis,
Tengo de hacer un estrago.

Elle quitte l'Orchestre, et de sa voix mordante :
— Ah ! que l'Ane, dit-elle, a la voix détonnante !
Tandis qu'il répliquoit : ⸗ Ce sont évidemment
Les dessus qui toujours ont manqué la mesure ;
Le Grillon de crier, avec son cri perçant :
⸗ C'est le Cochon, c'est lui... ⸗ Qui ? moi ! C'est,
        et j'en jure,
La Cigale, (réplique en grognant le Pourceau.)
La Cigale, à son tour, leur dit : ⸗ Criards : Tout-beau ;
Mais, écoutez-moi donc. Lors, elle-même crie :
 ⸗ Soyez donc justes, grands jugeurs.
  Les Taons sont seuls auteurs
  De la Cacophonie.
  A la dispute, le Lion
Mit fin, en leur disant : Allez, fiers imbéciles ;
 Portez ailleurs votre confusion.
Avant de commencer, vous vous disiez habiles ;
Chacun de vous, faquins, prétendait un succès
Exclusif à tout autre et toujours vain ; après,
Quand le Concert devient un sabat diabolique,
L'un fait sur l'autre alors retomber tout le tort.
Parlez et taisez-vous ; sinon, je me fais fort
De vous régaler, moi, d'une autre sérénade,
Et je fais de vous tous une capilotade.

 Ah ! puisse-t-il en arriver autant
A ces Associés produisant un ouvrage !
 Si le sort en paroît brillant,

¡Así permitiera el cielo
Que sucediera otro tanto;
Quando, trabajando á escote
Tres Escritores, ó quatro,
Cada qual quiere la gloria,
Si es bueno el libro, ú mediano;
Y los Companneros tienen
La culpa, si sale malo !

XLIV.

LA ESPADA Y EL ASADOR.

SIRVIÓ en muchos combates una Espada
Tersa, fina, cortante, bien templada,
La mas famosa que salió de mano
De insigne Fabricante Toledano.
Fué pasando á poder de varios duennos,
Y airosos los sacó de mil empennos.
Vendióse en almonedas diferentes
Hasta que por extrannos accidentes
Vino, en fin, á parar (¡quien lo diría!)
A un obscuro rincon de una hostería,
Donde, qual mueble inútil, arrimada,
Se tomaba de orin. Una Criada
Por mandado de su Amo el Posadero,
Que debia de ser grand majadero,

Chacun voudroit, tout seul, en tirer avantage ;
Si le contraire arrive, alors avec hauteur ,
    Aux autres il fait le partage
    De tout le déshonneur.

XLIV.

LA GRANDE ÉPÉE ET LA BROCHE.

PAR de nombreux combats, une Épée illustrée,
Flamboyante jadis , tranchante, bien trempée ;
Ouvrage le plus beau qui fut jamais formé
Par le fabricateur, à Tolède estimé ;
Tour-à-tour maint Héros en avoient fait usage ;
Ils en avoient tiré le plus noble avantage.
Vendue et revendue , et toujours chèrement ,
Il advint qu'à la fin (bizare événement !)
Le sort la réduisit, las ! à passer sa vie ;
Qui le croiroit ? Où donc ? Dans une Hotellerie,
Là , dans un coin, pendue au nombre des effets
Inutiles, la rouille en altéroit les traits,
Quand une téméraire et profane servante ,
A son maître grossier, par trop obéissante,
La porte à la Cuisine, et la passe aussi-tôt
Tout au travers du corps d'une grosse poularde.
Ah ! quel homme de cœur peut pardonner au sot
Qui, tout d'un coup , forma cette Broche bâtarde

Se la llevó una vez á la cocina;
A travesó con ella una gallina;
Y héteme un hasador hecho y derecho
La que una Espada fué de honra y provecho.
Miéntras esto pasaba en la posada,
En la Corte comprar quiso una Espada
Cierto recien-llegado Forastero,
Transformado de Payo en Caballero.
El Espadero, viendo que al presente
Es la Espada un adorno solamente,
Y que pasa por buena qualquier hoja,
Siendo de moda el punno que se escoja,
Díxole que volviese al otro dia.
Un Asador que en su cocina había
Luego debasta, afila y acicala,
Y por Espada de Tomas de Ayala
Al pobre Forastero, que no entiende
De semejantes compras, se le vende;
Siendo tan picaron el Espadero.
Como fué mentecato Posadero.
¿ Mas de igual ignorancia ó picardía
Nuestra Nacion quexarse no podría
Contra los Traductores de dos clases,
Que infestada la tienen con sus frases?
Unos traducen obras celebradas,
Y en Asadores vuelven las Espadas;
Otros hai que traducen las peores,
Y venden por Espadas Asadores.

D'une Épée autrefois glorieux instrument,
Dans les plus fiers défis, terrible au plus vaillant,
Tandis que tout cela se passoit dans l'Auberge,
A la Cour, un quidam cherchoit une flamberge.
C'étoit un lourd manant, un nouveau débarqué,
Depuis peu Gentilhomme, et très-mal éduqué.
Il va chez l'armurier, qui, voyant qu'une Épée
N'est, pour ce campagnard, qu'une mode affectée,
Le prie, au lendemain, de vouloir revenir.
Trouvant dans sa Cuisine une Broche à rôtir,
Vite, il la dégrossit, la polit et l'aiguise,
Certain qu'elle doit être assez bien à la guise
De ce pauvre idiot, qui très-cher la paya,
La croyant tout-au-moins de Thomas d'Ayola.
Cet excroqueur étoit d'une espèce aussi rare
Que celle qu'on méprise en l'Aubergiste ignare.

Mais notre Nation pourroit bien reprocher
A bien des Traducteurs que l'on a vu pécher,
Ou leur friponnerie, ou leur peu de science.
Celui-ci, tourmentant avec extravagance
Le sage sens d'un Livre, et célèbre et savant,
Change une Épée en Broche, et nous trompe d'autant,
Celui-là, faisant choix d'Œuvres sans renommée,
Vend le faux changement d'une Broche en Épée.

XLV.

LOS QUATRO LISIADOS

Un Mudo á nativitate,
Y mas sordo que una tapia,
Vino á tratar con un Ciego
Cosas de poca importancia.

Hablaba el Ciego por sennas,
Qne para el Mudo eran claras;
Mas hízole otras el Mudo,
Y él á obscuras se quedaba.

En este apuro, traxeron,
Para que los ayudara,
A un Camarada de entrambos,
Qué era Manco por desgracia.

Este las sennas del Mudo
Trasladaba con palabras,
Y por aquel medio el Ciego
Del negocio se enteraba.

Por último resultó
De conferencia tan rara,
Que era preciso escribir
Sobre el asunto una carta.

Companneros (saltó el Manco)
Mi auxílio á tanto no alcanza;

XLV.

XLV.

LES QUATRE ESTROPIÉS.

Un Muet de naissance, et sourd autant qu'un pot,
      Pour une affaire d'importance,
Avec certain Aveugle, eut une conférence
        Qui demandoit bien plus d'un mot.
L'Aveugle s'exprimoit par signes, à merveilles,
Et le Sourd, avec lui, se passoit bien d'oreilles.
    Mais celui-ci, du matin jusqu'au soir,
Eut fait, de ce moyen, un usage inutile;
Il eût fallu qu'avant, il fût assez habile
Pour donner à l'Aveugle un œil au moins pour voir.
Les voilà donc tous deux d'un embarras extrême.
Afin de s'en tirer, ils font choix d'un troisième
       Qui, par malheur, étoit Manchot,
       Mais, par bonheur, n'étoit pas sot.
       De vive-voix, il interprète
       Les signes faits par le muet,
       Et de la façon la plus nette,
       Il rend l'aveugle instruit du fait.
Enfin il résulta de cette conférence,
      Si singulière en apparence,
    (Où cependant la raison se trouvoit,)
      Que très-instamment il falloit,

h

Pero á escribirla vendrá
El Dómine, si le llaman.

   ¿ Qué ha de venir (dixo el Ciego)
Si es Coxo, que apénas anda?
Vamos : será menester
Ir à buscarle á su casa.

   Así lo hicieron ; y al fin
El Coxo escribe la carta,
Dictanla el Ciego y el Manco,
Y el Mudo parte á llevarla.

   Para el consabido asunto
Con dos personas sobraba ;
Mas como eran ellas tales,
Quatro fueron necesarias.

   Y á no ser porque ha tan poco
Que en un Lugar de la Alcarria
Acaeció esta aventura ,
Testigos mas de cien almas ,
Bien pudiera sospecharse
Que estaba adrede inventada
Por alguno que con ella
Quiso pintar lo que pasa
Quando juntándose muchos
En pandilla literaria ,
Tienen que trabajar todos
Para una gran patarata.

       Pour le succès de leur affaire,
Écrire, et profiter du premier ordinaire.
—Ah ! cria le Manchot, je ne puis , mes amis,
       Sur cet objet, vous être utile :
       C'est le bras droit que j'ai démis.
Mais, chez le Magister, je cours... Il est habile.
= Quoi ! pour l'aller chercher ? dit l'Aveugle, il vaut
                     mieux
Nous transporter chez lui , d'abord par politesse,
Puis par nécessité, puisqu'il est si boiteux
Qu'il est rare d'en voir d'une aussi forte espèce.
On suivit ce conseil. Le Boiteux écrivit,
L'Aveugle et le Manchot lui dictèrent la Lettre,
       Et le Muet, vîte, partit
       A la Poste, pour l'aller mettre,

Pour bien exécuter l'objet dont il s'agit ,
Il falloit seulement deux hommes ordinaires ;
       Mais tout étant comme on l'a dit,
       Les quatre furent nécessaires.

Près de l'Alcaria , si cent mille témoins
N'avoient pas vu ce fait très-extraordinaire ,
On pourroit soupçonner qu'avec beaucoup de soins ,
C'est un Conte plaisant qu'on a prétendu faire,
       Pour peindre assez malignement
La sourde , aveugle, gauche et boiteuse manière
D'une Société qui se dit Littéraire,

X L V I.

EL POLLO Y LOS DOS GALLOS.

UN Gallo, presumido
De luchador valiente,
Y un Pollo algo crecido,
No sé porqué accidente,
Tuvieron sus palabras, de manera
Que armaron una brava pelotera.
Dióse el Pollo tal manna,
Que sacudió á mi Gallo lindamente,
Quedando ya por suya la campanna.
Y el vencido Sultan de aquel Serrallo
Dixo, quando el contrario no lo oía:
Eh! con el tiempo no será mal Gallo:
El pobrecillo es mozo todavía.
    Jamas volvió á meterse con el Pollo;
Mas en otra ocasion, por cierto embrollo,
Teniendo un choque con un Gallo anciano,
Guerrero veterano,
Apénas le quedó pluma ni cresta;
Y dixo al retirarse de la fiesta:
Si no mirara que es un pobre viejo....
Pero chochéa, y por piedad le dexo.

Et qui, pour une Lettre, en effet, s'escrimant,
Finit par avorter ; (et douloureusement !)
De quelque Pétarade, en style épistolaire.

X L V I.

Le Cochet, le Coq et le vieux Coq.

Un Coq présomptueux, se croyant grand Lutteur,
Un Cochet, déjà fort, se cherchèrent querelle,
Je ne sais trop pourquoi ; mais, de chacun, l'ardeur
     Fut si vive, fut telle,
  Qu'il se livra bientôt, entre les deux,
Un combat violent et des plus sérieux.
Notre Cochet s'y prit d'une façon si fière,
Qu'il étrilla son Coq de la bonne manière,
Et du champ de bataille demeura le vainqueur.
Dans son propre Sérail, le Sultan imbécille,
     Vaincu, disoit,
     Loin du Cochet :
— Je veux qu'avec le tems, à mes leçons docile,
Il devienne un bon Coq, et pas trop mal-habile ;
Mais il ne sait encor, ah ! le pauvre petit !
    Ni ce qu'il fait, ni ce qu'il dit.
    Malgré cela, depuis, ce maître,
Vis-à-vis du Cochet, n'osa plus le paroître.

Quien se meta en contienda,
Verbi-gracia de asunto literario,
A los annos no atienda,
Sinó á la habilidad de su adversario.

XLVII.

LA URRACA Y LA MONA.

A una Mona
Mui taimada
Dixo un dia
Cierta Urraca:
Si vinieras
A mi estancia,
¡ Quantas cosas
Te ensennara!
Tú bien sabes
Con qué manna
Robo, y guardo
Mil albajas.
Ven, si quieres,
Y veráslas
Escondidas
Tras de un arca.
La otra dixo :

Mais , voici bien un autre cas :
Il veut braver un Coq blanchi dans les combats ,
Qui le chasse à son tour , sans plumes et sans crête.
Sortant de cette fête ,
Le Coq disoit encor : Si je ne connoissois
Son extrême vieillesse,
Ah ! que je lui prouverois
Qu'il radotte : mais non ; par respect, je le laisse.

Quand on entre dans un combat,
Apellé polémique ,
De l'âge du champion , point ne faut faire état.
Ce n'est pas l'âge, ô Coq ! c'est le talent qui pique.

XLVII.

LA PIE ET LE SINGE.

Un jour, au malin Singe , une commère Pie
Ainsi parloit : — Viens donc, viens, je t'en prie,
Dans mon propre manoir.
Ah ! je t'y ferai voir
Plus d'une chose merveilleuse.
Tu sais avec quel soin, adroite et curieuse,
Je cherche, vole et cache mes bijoux ;
Viens donc , et tu les verras tous.

Vaya en gracia;
Y al parage
La acompanna.
    Fué sacando
Donna Urraca
Una liga
Colorada,
Un tontillo
De casaca,
Una hebilla,
Dos medallas,
La pontera
De una espada,
Medio peine,
Y una vaina
De tixeras;
Una gasa,
Un mal cabo
De navaja,
Tres clavijas
De guitarra,
Y otras muchas
Zarandajas.
    ¿Qué tal? dixo:
Vaya hermana;
¿No me envidia?
¿No se pasma?
A fe que otra

Ils sont derrière un coffre. =Allons, à-la-bonne-heure,
Répondit-il, allons à ta demeure.
La dame Pie, alors,
Avec l'air du mystère,
Tire une rouge jarretière,
Un vieux Panier de just'-au-corps,
Une belle boucle rouillée,
Deux médailles, le bout du fourreau d'une épée,
Un demi-peigne, un étui de ciseaux,
Un manche qui servit à beaucoup de couteaux,
Et trois chevilles de guitarre,
Avec plusieurs autres morceaux
D'une nature à-peu-près aussi rare;
Qu'en penses-tu, mon fils? tu dois être envieux,
Ou bien surpris, au moins, de voir qu'en mon espèce,
Je sois le mieux fournie en objets curieux,
Dont la collection fait ma grande richesse.
Le Singe, impatient enfin,
La regardant avec dédain :
= Bagatelles! dit-il. Quel peut être l'usage
De tout ce bisare assemblage?
Ici, tu trouveras, car il est sous tes yeux,
Quelqu'un d'adroit qui recueille bien mieux.
Sous mes deux machoires, regarde
Deux bourses dont la forme a son utilité;
S'ouvrant, se resserrant, dans chacune, je garde
Mon manger superflu pour la nécessité.
Qu'entasses-tu? des chiffons, des misères;

h 5

De mi casta
En riqueza
No me iguala.
   Nuestra Mona
La miraba
Con un gesto
De bellaca;
Y al fin dixo:
Patarata!
Has juntado
Lindas maulas.
Aquí tienes
Quien te gana,
Porque es útil
Lo que guarda.
Si nó, mira
Mis quixadas.
Baxo de ellas;
Camarada,
Hai dos buches
O papadas,
Que se encogen
Y se ensanchan
Cómo aquello
Que me basta;
Y el sobrante
Guardo en ambas
Para quando

Mais moi , ce sont des châtaignes , des noix ,
Et de la viande et du sucre à-la-fois ,
   Et toutes choses salutaires.

Ce singe , avec raison , parloit-il seulement
A la bavarde Pie ? Ah ! je pense vraiment
Qu'il s'adressoit bien plus à ces gens d'importance ,
Vains d'avoir rassemblé , dans un fatras diffus ,
       Des mélanges confus ,
       Sans la moindre substance.

Me haga falta.
Tú amontonas,
Mentecata,
Trapos viejos
Y moralla;
Mas yo, nueces,
Avellanas,
Dulces, carne
Y otras quantas
Provisiones
Necesarias.
   ¿ Y esta Mona
Redomada
Habló sólo
Con la Urraca?
Me parece
Que mas habla
Con algunos
Que hacen gala
De confusas
Miscelaneas,
Y farrago
Sin subtancia.

La brièveté de la Fable Française force à laisser cet intervalle, afin de ne point intervertir l'ordre typographique établi entre le Texte et la Traduction.

(*Note de l'Imprimeur.*)

XLVIII.

EL RUISENNOR Y EL GORRION.

SIGUIENDO el son del organillo un dia,
Tomaba el Ruisennor leccion de canto,
Y á la xaula llegándose entretanto
El Gorrion parlero, asi decía:
 ¡¡ Quanto me marabillo
De ver que de ese modo
Un páxaro tan diestro
A un discípulo tiene por maestro!
Porque, al fin, lo que sabe el organillo,
A ti lo debe todo.
A pesar de eso (el Ruisennor replica)
Si él aprendió de mí, yo de él aprendo.
A imitar mis caprichos él se aplica;
Yo los voi corrigiendo
Con arreglarme al arte que él ensenna;
Y así pronto verás lo que adelanta
Un Ruisennor que con escuela canta.
 ¿ De aprender se desdenna
El Literato grave?
Pues mas debe estudiar el que mas sabe.

XLVIII.

LE ROSSIGNOL ET LE MOINEAU.

SUIVANT chacun des sons, très-attentivement,
  D'une des bonnes serinettes,
Un Rossignol prenoit une leçon de chant,
Un Moineau babillard vient sur ces entrefaites,
  Et lui dit : — Qu'il est étonnant
  De voir un Chanteur excellent,
  Prendre son Disciple pour Maître !
Car, enfin, ce qu'il sait, cet habile Instrument,
Il le tient tout de toi. ═ Cela pourroit bien être,
Répond le Rossignol ; mais, si de mon talent
Il profita ; du sien, moi, j'en veux faire autant.
S'il imite ma voix, mes élans, mes caprices,
Moi, j'observe son art, et corrige mes vices.
  Bientôt, tu connoîtras
  Qu'un Rossignol sauvage,
Apprenant la méthode, et réglant ses éclats,
  En retire un grand avantage.

  Un sage et vrai Littérateur
  Dédaigna-t-il jamais d'apprendre ?
Oui : plus on sait, fût-on même Docteur,
Plus à l'étude, il faut savoir se rendre.

XLIX.

EL JARDINERO Y SU AMO.

EN un jardin de flores
Había una gran fuente,
Cuyo pilon servía
De estanqué á carpas, tencas y otros peces.
    Unicamente al riego
El Jardinero atiende,
De modo que entretanto
Los peces agua en que vivir no tienen.
    Viendo tal desgobierno,
Su Amo le reprehende;
Pues aunque quiere flores,
Regalarse con peces tambien quiere :
    Y el rudo Jardinero
Tan puntual le obedece,
Que las plantas no riega
Para que el agua del pilon no merme.
    Al cabo de algun tiempo
El Amo al jardin vuelve;
Halló secas las flores;
Y amostazado dice de esta suerte :
    Hombre, no riegues tanto,
Que me quede sin peces;

XLIX.

LE JARDINIER ET SON MAITRE.

Au milieu d'un brillant Parterre,
Une grande Fontaine, en son bassin d'eau claire,
    Renfermoit Carpes et Goujons,
    Et toute espèce de Poissons.
    Le Jardinier, de l'arrosage
    Prend soin, par prédilection,
    De sorte que le Barbillon,
Lui-même, à peine étoit-il à la nage,
    Redoutant leur destruction,
Le Maître reprocha sa mauvaise conduite
            Au trop grand arroseur;
Car si le Patron sent tout le prix d'une fleur,
    Il aime au moins autant la Carpe frite.
    Le Jardinier se pique d'obéir,
            Et croit prudemment faire,
    En n'arrossant plus son Parterre,
De crainte que les eaux ne vinssent à tarir.
Le maitre, de retour, la colère l'emporte,
    A l'aspect de ses belles fleurs
Dont la soif a déjà fait pâlir les couleurs.
Il lui fit la leçon alors en ce langage:
Imbécille ! tu dois donner à l'arrosage
Ce qu'il faut seulement, sans nuire à mon Poisson,

Ni cuides tanto de ellos,
Que sin flores, gran bárbaro, me dexes.
  La máxima es trillada;
Mas repetirse debe :
Si al pleno acierto aspiras,
Une la utilidad con el deleite.

L.

LOS DOS TORDOS.

PERSUADÍA un Tordo, avuelo,
Lleno de annos y prudencia,
A un Tordo su nietezuelo,
Mozo de poca experiencia,
A que acelerando el vuelo,
Viniese con preferencia
Acia una poblada vinna,
E hiciese allí su rapinna.
  ¿ Esa vinna donde está?
(Le pregunta el Mozalbete)
¿ Y qué fruto es el que da? —
Hoi te espera un gran banquete,
(Dice el Viejo :) ven acá :
Aprende á vivir, pobrete.
Y no bien lo dixo, quando

Mais penser à lui seul, ce ne seroit pas sage,
Puisqu'on ne verroit plus de fleurs à la Maison.

La morale de cette Fable
Est un mot rebattu, mais bon à répéter :
Qui veut un plein succès, ne peut le mériter
Qu'en sachant réunir l'utile à l'agréable.

L.

LES DEUX GRIVES.

UNE Grive grand'mère, ayant de la prudence
Autant que d'âge au moins, à son cher petit-fils,
  Tout jeune encor, et sans expérience,
    Prêchoit d'aller, par préférence,
    Dans les vignobles bien fournis,
    Pour s'y repaître en abondance.
—Où sont-ils, répondit le petit innocent,
Et quel en est le fruit ? Est-il bien succulent ?
≈ Viens, viens, répart la vieille, ah ! tu n'as qu'à me
                                            suivre ;
Un bon régal t'attend ; mon fils, apprends à vivre.
    Assi-tôt elle lui fit voir,
    Du bon Raisin et blanc et noir.
    En les voyant, notre novice . .
Sauta d'abord ; mais bientôt s'écria :
    — Ah ! par quel bisarre caprice,
Les gens de goût vantent-ils ce fruit-là ?

Las uvas le fué ensennando.

Al verlas saltó el Rapaz:
¿Y esta es la fruta alabada
De un páxaro tan sagaz?
¡Qué chica! qué desmedrada!
Ea, vaya! es incapaz
Que eso pueda valer nada.
Yo tengo fruta mayor
En una huerta, y mejor.

Veamos, dixo el Anciano:
Aunque sé que mas valdrá
De mis uvas sólo un grano.
A la huerta llegan ya;
Y el Jóven exclama ufano:
¡Que fruta! qué gorda está!
¿No tiene excelente traza?....
¿Y qué era? —— Una calabaza.

Que un Tordo en aqueste enganno
Caiga, no lo dificulto;
Pero es mucho mas extranno
Que hombre tenido por culto
Aprecie por el tamanno
Los libros y por el vulto.
Grande es, si es buena, una obra;
Si es mala, toda ella sobra.

Qu'il est petit ! Quelle forme mesquine !
Allons, allons : seulement, à la mine,
  On peut juger qu'il ne vaut rien.
  Quant à moi, je connois très-bien,
Dans un Verger, un fruit plus délectable,
  Et sans-doute plus profitable.
= Hé bien ! voyons, lui dit la mère, alors,
  Malgré que je sache à merveille,
  Que tu juges, par les dehors,
Un Fruit qui ne vaut pas un seul grain de la Treille.
Dans le Jardin, à peine arrivent-ils tous deux,
  Que le petit grivois, joyeux,
S'écrie : — Ah ! remarquez, de ce Fruit, l'apparence,
  Du plus loin, elle saute aux yeux.
  Oui, son bel aspect, seul, chatouille
L'odorat et le goût. C'est un Fruit merveilleux !
Qu'étoit-ce donc ? Une grosse Citrouille.

  On peut pardonner cette erreur
    Au sot fils d'une Grive ;
Mais, qu'il est surprenant que même chose arrive
    A tel qu'on croit Docteur,
  Lequel (cependant sans être ivre)
    Juge, par l'épaisseur,
    Du mérite d'un Livre !
Un Ouvrage est-il bon ? Qu'importe sa grosseur ?
Mais tout en est de trop, s'il n'a pas de valeur.

L I.

EL FABRICANTE DE GALONES

Y LA ENCAXERA.

CERCA de una Encaxera
Vivía un Fabricante de galones.
Vecina, ¡ quien creyera,
(La dixo) que valiesen mas doblones
De tu encaxe tres varas
Que diez de un galon de oro de dos caras!
    De que á tu mercancía
(Esto es lo que ella respondió al Vecino)
Tánto exceda la mia,
Aunque en oro trabajas, y yo en lino,
No debes admirarte;
Pues mas que la materia vale el arte.
    Quien desprecie el estilo,
Y diga que á las cosas sólo atiende,
Advierta que si el hilo
Mas que el noble metal caro se vende,
Tambien da la elegancia
Su principal valor á la substancia.

L I.

LE FABRICANT DE GALONS ET LA FAISEUSE DE DENTELLES.

PRÈS d'une Ouvrière en Dentelles
De simple fil, et pourtant belles,
Vivoit certain Fabricant de Galons
D'or et d'argent, sans-doute bons :
—Qui le croiroit, dit celui-ci, Voisine,
Que ta Dentelle, avec sa frêle mine,
Par aulne, produisît plus de valeur, en or,
Que dix de mon Galon brillant, lourd, riche, fort ?
= Plus que ta Marchandise,
Répond-elle au Voisin,
Si la mienne se prise,
Quoique l'une soit d'Or et l'autre soit de Lin,
Point ne devrois en montrer de surprise ;
La matière le cède à l'art : c'est son destin.

Que celui-là qui méprise le style,
Pour ne considérer, dit-il, que le sujet,
Remarque tout le prix que met,
Au simple fil, une main très-habile,
Prix au-dessus du métal le plus cher ;
Et qu'il sache que l'élégance
Fait bien plus souvent rechercher
Tel Ouvrage, que sa substance.

LII.

EL CAZADOR Y EL HURON.

CARGADO de conejos,
Y muerto de calor,
Una tarde de léjos
A su casa volvía un Cazador.
    Encontró en el camino
Mui cerca del Lugar
A un Amigo y Vecino,
Y su fortuna le empezó à contar.
    Me afané todo el dia
(Le dixo;) pero qué?
Si mejor cacería
No la he logrado, ni la lograré.
    Desde por la mannana
Es cierto que sufrí
Una buena solana;
Mas mira qué gazapos traigo aquí.
    Te digo y te repito,
Fuera de vanidad,
Que en todo este distrito
No hai Cazador de mas habilidad.
    Con el oido atento
Escuchaba un Huron

LII.

LE CHASSEUR ET LE FURET.

SURCHARGÉ de Lapins, accablé de chaleur,
Un soir, à son logis, revenoit un Chasseur.
   Rencontrant, sur sa route,
  Près d'arriver, un sien Voisin,
  Il lui chante son beau destin,
  Et le plus grand bonheur qu'il goûte,
  Est d'avoir quelqu'un qui l'écoute.
Que je me suis, hélas ! fatigué ce jour-ci !
   Lui dit-il ; mais aussi ,
Je n'eus et je n'aurai jamais meilleure chasse.
  Il est bien vrai que rien ne lasse
  Plus que la constante chaleur
D'un Soleil radieux, répandant son ardeur.
Mais vois les Lapereaux qu'en vainqueur je rapporte.
  Oui , malgré tout, le plaisir me transporte,
   Et, je le dis sans vanité ,
Jamais aucun Chasseur n'eut plus d'habileté.
Un Furet , attentif à tout ce beau langage,
Au travers du filet qui lui servoit de cage ,
Montrant son nez pointu , dit : Maître, pardonnez :
  Deux mots seulement, et jugez

       i

Este razonamiento
Desde el corcho en que tiene su mansion.
   Y el puntiagudo hocico
Sacando por la red,
Dixo á su Amo : Suplico.
Dos palabritas con perdon de Usted.
   Vaya : ¿qual de nosotros
Fué el que mas trabajó?
¿Esos gazapos y otros,
Quien se los ha cazado sinó yo?
   Patron, tan poco valgo
Que me tratan así?
Me parece que en algo
Bien se pudiera hacer mencion de mi.
   Qualquiera pensaría
Que este aviso moral
Seguramente haría
Al Cazador gran fuerza; pues no hai tal.
   Se quedó tan sereno
Como ingrato Escritor
Que del auxílio ájeno
Se aprovecha, y no cita al bienhechor.

Qui, de nous deux, fatigua davantage.
Tous ces lapins, qui donc les a chassés,
Si ce n'est moi ? Mes talens, mon courage,
Valent-ils si peu qu'ils ne soient pas comptés ?
Au moins pour quelque chose, ah ! laissez-moi prétendre
Me voir, dans votre éloge, avec raison comprendre.

Une représentation,
Aussi judicieuse, (on devra le conclure)
A fait sur le Chaseur très-grande impression.
Point du tout, et je vous assure
Qu'il l'écouta d'un visage serein,
Ainsi qu'on voit un ingrat Écrivain,
Empruntant chez autrui, le texte avec la glose,
Et sur ses Bienfaiteurs, demeurant bouche close.

LIII.

EL GALLO, EL CERDO Y EL CORDERO.

HABÍA en un corral un gallinero:
En este gallinero un Gallo había;
Y detras del corral en un chiquero
Un Marrano gordísimo yacía.
Item mas, se criaba allí un Cordero,
Todos ellos en buena compannía:
¿Y quien ignora que estos animales
Juntos suelen vivir en los corrales?

Pues (con perdon de Ustedes) el Cochino
Dixo un dia al Cordero : ¡Qué agradable
Qué feliz, qué pacífico destino
Es el poder dormir! qué saludable!
Yo te aseguro, como soi Gorrino,
Que no hai en esta vida miserable
Gusto como tenderse á la bartola,
Roncar bien, y dexar rodar la bola.

El Gallo, por su parte, al tal Cordero
Dixo en otra ocasion : Mira, inocente :
Para estar sano, para andar ligero,
Es menester dormir mui parcamente.
El madrugar, en Julio ú en Febrero,

L I I I.

LE COQ, LE COCHON ET L'AGNEAU.

DANS une basse-cour, étoit un Poulailler,
Et dans ce Poulailler, étoit un Coq fidèle
A l'Aurore : on entend aussi matinal qu'elle.
Parderrière, et tout près, (rien là de singulier)
Un gros et gras Cochon gîssoit dans une étable.
Avec lui, s'élevoit un Agneau fort aimable.
Tous trois, de bon accord, tels qu'on les voit toujours
   Bien vivre dans les basse-cours.
Et , sauf votre respect, voilà Goret qui crie,
S'adressant à l'Agneau : Quel bonheur, dans la vie,
Que celui de dormir ! ah ! quelle volupté
Pour le cœur et l'esprit, et sur-tout la santé !
   Oui, foi de Cochon, je le jure,
   Je ne vois rien dans la Nature,
De pareil au plaisir de s'étendre et ronfler,
   Mais aussi sans rêver.
  Sur mon fumier, doucement je me roule,
Du monde comme il va, laissant tourner la boule.
  Un autre jour, de son côté,
Au bon Agneau, le Coq chantoit la vigilance
Qui rend plus sain, plus leste, et dont l'activité,

Con estrellas, es método prudente,
Porque el suenno entorpece los sentidos,
Dexa los cuerpos floxos y abatidos.
    Confuso, ambos dictámenes conteja
El simple Corderillo, y no adivina
Que lo que cada uno le aconseja
No es mas que aquello mismo á que se inclina.
Acá entre los Autores ya es mui vieja
La trampa de sentar como doctrina
Y gran regla, á la qual nos sujetamos,
Lo que en nuestros escritos practicamos.

L I V.

EL PEDERNAL Y EL ESLABON.

AL Eslabon de cruël
Trató el Pedernal un dia
Porque á menudo le hería
Para sacar chispas de él.
Rinnendo éste con aquél,
Al separarse los dos,
Quedáos, dixo, con Dios.
¿Valéis vos algo sin mí?
Y el otro responde: Sí,
Lo que sin mí valéis vos.

Entretenant sans cesse la gaieté,
　　Doit mériter la préférence.
— De tous ces biens, qui veut connoître le bonheur,
Doit user du sommeil avec économie ;
L'été comme l'hiver, doit commencer sa vie,
　　Des étoiles à la lueur.
La clarté du Soleil, et brillante et brûlante,
Rend le corps abattu sous sa tête pesante.

Entre ces deux avis, le pauvre et simple Agneau
Ne pouvoit discerner ni le vrai, ni le beau.
Il ne devinoit pas, qu'à sa propre manière,
Chacun lui conseilloit ce qu'il aimoit à faire.
　　Mais, pour nous, il n'est pas nouveau,
Ce ton de maint Auteur, qui donne pour adage,
　　L'opinion qu'il prône en son Ouvrage.

L I V.

LA PIERRE-A-FUSIL ET LE BRIQUET.

Un Briquet appeloit une Pierre : cruelle,
　　Pour s'excuser de ce qu'il la battoit,
　　Et gravement lui reprochoit
D'en obtenir à peine une foible étincelle.
Ils alloient se brouiller, lorsqu'en se séparant :
— Adieu donc, dit l'un d'eux.... Observes, cependant,

i 4

Este exemplo material
Todo Escritor considere
Que el largo estudio no uniere
Al talento natural.
Ni da lumbre el Pedernal
Sin auxílio de Eslabon,
Ni hai buena disposicion
Que luzca faltando el arte.
Si obra cada qual aparte,
Ambos inùtiles son.

L V.

EL JUEZ Y EL BANDOLERO.

PRENDIERON por fortuna á un Bandolero
A tiempo cabalmente
Que de vida y dinero
Estaba despojando á un inocente.
Hízole cargo el Juez de su delito;
Y él respondió : Sennor, desde chiquito
Fuí Gato algo feliz en raterías :
Luego hebillas, reloxes, capas, caxas,
Espadines robé, y otras alhajas :
Despues, ya entrado en dias,
Escalé casas; y hoi, entre Asesinos,

Que, voulant être quelque chose,
Tu ne pourras jamais le devenir sans moi.
L'autre répond: ≈ Hé bien ! j'en dis autant de toi.
Mais passons à la glose.

Cet exemple matériel
Prouve à tout Écrivain, pour peu qu'il réfléchisse,
Qu'il faut, au talent naturel,
Que le plus grand savoir s'unisse.
D'une Pierre-à-Fusil, pour que le feu jaillise,
Le secours du Briquet est très-essentiel.
La disposition, même des plus fertiles,
Ne brille point sans le secours de l'art;
Lorsque chacun agît à part,
Tous deux sont inutiles.

LV.

LE JUGE ET LE BRIGAND.

On prit un jour, (et ce jour fut heureux)
Un Brigand, au moment où toute sa furie
S'exerçoit contre un malheureux.
Las ! il lui demandoit, ou la bourse ou la vie,
Et lui ravit toutes les deux.
L'horreur de son délit, par le Juge exposée,
Il répondit : Seigneur, enfant, ainsi qu'un Chat,

Soi Salteador famoso de caminos.

Con que Vuesennoría no se espante

De que yo robe y mate á un Caminante;

Porque éste y otros dannos

Los he estado yo haciendo quarenta annos.

   ¿ Al Bandolero culpan?

· Pues ¿ por ventura dan mejor salida

Los que quando disculpan

En las letras su error, ó su mal gusto,

Alegan la costumbre envejecida

Contra el dictámen racional y justo?

Ma griffe, adroite et fortunée,
Escamotoit, d'une manière aisée,
Quelque vétille, quelque rat.
Mais, bientôt, prenant ma volée,
Je desirai que ma main s'appliquât
A saisir des manteaux, des montres, des épées,
Des breloques en or, ou tout-au-moins dorées.
Plus grand, j'escaladai les murs et les maisons.
Aujourd'hui que je suis dans le fort de ma vie,
Parmi les assassins, je me trouve des bons.
Ainsi, qu'à votre Seigneurie,
Il semble naturel que je fasse aux passans,
Ce que j'eus le talent, si l'on veut la manie,
De pratiquer fort bien, et pendant quarante ans!

Hé bien! voyons, par aventure :
Bien mieux que ce Brigand, savent-ils s'excuser
Ceux qui, dans la Littérature,
Persistent, sans pudeur, à vouloir abuser
D'une manière fausse, impure,
D'un goût putride et de vieilles erreurs?
Ils voudroient faire, aux bons censeurs,
Passer leurs sottes habitudes,
Comme devant pour toujours l'emporter
Sur ce que peuvent mériter
Une saine raison et de bonnes études.

LVI.

LA CRIADA Y LA ESCOBA.

CIERTA Criada la casa barría
Con una Escoba mui puerca y mui vieja.
Reniego yo de la Escoba (decía :)
Con su vasura, y pedazos que dexa
Por donde pasa,
Aun mas ensucia, que limpia la casa.
Los Remendones que escritos ajenos
Corregir piensan, acaso de errores
Suelen dexarlos diez veces mas llenos....
Mas no haya miedo que de estos Sennores
Diga yo nada :
Que se lo diga por mí la Criada.

LVI.

LE BALAI ET LA SERVANTE.

Une Servante balayoit
Avec un Balai vieux et sale ;
Tout en colère, elle disoit :
Peste soit du Balai qui, dans chaque intervalle,
Où ma main le conduit, loin de le rendre net,
D'ordures l'emplissant, souille toute la Salle !

Messieurs, qui nétoyez les antiques Écrits,
Et prétendez d'erreurs, purger tous les esprits,
A celles qu'on voit chez les autres,
Tout le monde sait bien
Que vous en ajoutez mille fois plus des vôtres.
Pour moi, je ne vous en dis rien.
A tort, vous prenez l'épouvante :
Elle vous parle ; écoutez la Servante.

LVII.

EL NATURALISTA Y LAS LAGARTIJAS.

Vió en una huerta
Dos Lagartijas
Cierto curioso
Naturalista.
Cógelas ambas,
Y á toda prisa
Quiere hacer de hellas
Anatomía.
Ya me ha pillado
La mas rolliza;
Miembro por miembro
Ya me la trincha;
El microscopio
Luego la aplica.
Patas y cola,
Pellejo y tripas,
Ojos y cuello,
Lomo y barriga,
Todo lo aparta,
Y lo exâmina.
Toma la pluma;
De nuevo mira;
Escribe un poco;
Recapacita.

L V I I.

LE NATURALISTE ET LES LÉZARDS.

CERTAIN Naturaliste .... Instruit ?... Non : curieux,
Dans un Jardin , trouva deux Lézards, et tous deux
Les saisit. Sur-le-champ, de leur anatomie
        Il prétend s'occuper.
        Déjà , sa main vient de couper
Celui-ci dont la taille est la plus rebondie.
Du Microscope, armé, projettant ses regards
Dessus tous et chacun de ses membres épars.
Lombes, yeux et cou, tête, boyaux et pattes ,
        Les fibres les plus délicates :
Il examine tout. Il prend sa plume alors.
Puis, pour se rendre compte, il examine encore,
        Et par dedans, et par dehors.
Puis, enfin, il écrit quelques mots, et s'honore
        D'importans et très-fins apperçus.
Il rumine et revient auprès de son squélette ,
        S'assurer s'ils sont bien conçus ;
Lorsque des amateurs, à la visière nette,
        Autant que lui , viennent le visiter.
        Aussitôt, lui de leur conter

Sus mamotretos
Despues registra;
Vuelve á la propia
Carnicería.
Varios curiosos
De su pandilla
Entran á verle:
Dales noticia
De lo que observa:
Unos se admiran:
Otros preguntan,
Otros cavilan.
Finalizada
La Anatomía,
Cansóse el Sabio
De Lagartija.
Soltó la otra
Que estaba viva.
Ella se vuelve
A sus rendijas,
En donde, hablando
Con sus Vecinas,
Todo el suceso
Las participa.
No hai que dudarlo,
Nó, (las decía :)
Con estos ojos
Lo vi yo misma.

Tout ce qu'il vit de remarquable.
Comme ils sont enchantés ! Ils croyent incroyable,
Que son génie ait pu pousser,
A tel dégré l'Anatomie.
Quoique très-satisfait, de la recommencer,
Le Docteur, fatigué, n'eut pas la fantaisie.
Lors, il donna la clef des champs
A celui-là qui restoit plein de vie.
Le Lézard, sans cérémonie,
Gagna vite ses trous, retrouva ses parens,
Et leur conta son aventure,
Bien étonnante, mais très-sûre.
N'en doutez point, dit-il, malgré le merveilleux,
Car j'ai tout vû de mes deux yeux.
Pendant un jour entier, l'observateur habile
Examina cent fois mon camarade mort ;
Et j'en conclus que c'est à tort
Qu'on nous croit et nous nomme un animal futile.
Quelle injustice ! Et pourquoi la souffrir ?
Dix mille autres sujets, dignes qu'on les décrive,
Eussent pu captiver sa docte attention.
Nous valons donc bien mieux. Ah ! oui, quoi qu'il arrive,
De nous tous, on fera sublime mention.

Voudroit-on à présent que cette abjecte race
De Gribouilleurs en opuscules plats,
Ne s'énorgueillît pas,
Si de les critiquer, on leur faisoit la grâce ?

Se ha estado el Hombre
Todito un dia
Mirando el cuerpo
De nuestra Amiga.
¿Y hai quien nos trate
De Sabandijas?
¿Como se sufre
Tal injusticia,
Quando tenemos
Cosas tan dignas
De contemplarse
Y andar escritas?
No hai que abatirse,
Noble quadrilla:
Valemos mucho,
Por mas que digan.
¿Y querrán luego
Que no se engrian
Ciertos Autores
De obras iniquas?
Los honra mucho
Quien los critica.
Nó seriamente;
Mui por encima
Deben notarse
Sus fruslerías;
Que hacer gran caso
De Lagartijas

Il faut donc seulement
Il faut donc que l'on fusse,
Mais sérieusement,
Quoique malignement,
Bien remarquer la place
Justement due à leur légéreté,
Ou, disons mieux, leur exiguité,
De crainte qu'ils ne disent : Vive !
A nous on fait attention !
Ah ! oui, quoi qu'il arrive,
De nous tous on fera sublime mention !

———

Es dar motivo
De que repitan :
Valemos mucho,
Por mas que digan.

LVIII.

LA DISCORDIA DE LOS RELOXES.

CONVIDADOS estaban á un banquete
Diferentes Amigos, y uno de ellos,
Que, faltando á la hora sennalada,
Llegó despues de todos, pretendía
Disculpar su tardanza. ¿ Qué disculpa
Nos podrás alegar? (le replicaron :)
El sacó su Relox; mostróle, y dixo :
¿ No ven Ustedes como vengo á tiempo?
Las dos en punto son. — ¡ Qué disparate!
(Le respondieron) : tu Relox atrasa
Mas de tres quartos de hora. — Pero, Amigos,
(Exclamaba el tardío Convidado)
¿ Qué mas puedo yo hacer que dar el texto?
Aquí está mi Relox.... Note el curioso
Que era este Sennor mio como algunos
Que un absurdo cometen, y se escusan
Con la primera autoridad que encuentran.
    Pues, como iba diciendo de mi cuento,

L V I I I.

LA DISCORDANCE DES MONTRES.

Un bon nombre d'amis invités à dîner,
Hors un, y vinrent tous, juste à l'heure indiquée.
Celui-ci prétendit, d'une manière aisée,
S'excuser..... — Quelle excuse osera-t-il donner?
Qu'on l'écoute, dit-on. Alors, tirant sa Montre :
= Victorieusement, répondit-il, je démontre
Que j'arrive à propos, au tems fixe et précis.
— Ah ! s'écrièrent tous, ah ! comme il se hasarde !
Que prouves-tu par-là, si ta Montre retarde ?
= Mais non, répliqua-t-il, croyez ce que je dis ;
Pensez que je suis vrai. Je ne puis pas mieux faire.
Voici le texte pur, et foin du commentaire.
Remarquez bien, ô vous, sages observateurs,
Que ce Monsieur étoit, comme beaucoup d'Auteurs,
Croyant justifier leur profonde bêtise
Par quelqu'autorité choisie avec sottise.
Mais revenons bien vîte à ma narration.
Tout convive, à l'envi, dans la discussion
Qui de la vérité doit montrer l'évidence,
Et qui, par cela même, acquiert de l'importance,
De sa montre, aussi-tôt, fait exhibition.
L'une disoit le quart, et l'autre la demie.
Celle-ci, celle-là..... Nulle qui ne varie ,

Todos los circunstantes empezaron
A sacar sus Reloxes en apoyo
De la verdad. Entónces advirtieron
Que uno tenía el quarto, otro la media,
Otro las dos y veinte y seis minutos,
Este catorce mas, aquel diez ménos.
No hubo dos que conformes estuvieran.

En fin, todo era dudas y questiones.
Pero á la Astronomía cabalmente
Era el Amo de casa aficionado;
Y consultando luego su infalible,
Arreglado á una exácta meridiana,
Halló que eran las tres y dos minutos,
Con lo qual puso fin á la contienda,
Y concluyó diciendo : Caballeros,
Si contra la verdad piensan que vale
Citar autoridades y opiniones,
Para todo las hai; mas, por fortuna,
Ellas pueden ser muchas, y ella es una.

LIX.

EL TOPO Y OTROS ANIMALES.

CIERTOS Animalitos,
Todos de quatro pies,
A la gallina-ciega

Et ne présente à tous un motif pour douter.....

Pour douter..... et sans-doute, aussi, pour disputer.

L'Amphitrion, savant en haute astronomie,

Prétend que sur sa Montre, elle seule, on se fie.

Il la prouve infaillible, et du Méridien

Interprète fidelle. On suspend l'entretien ;

On regarde, l'on voit trois heures deux minutes,

Et de cette façon il finit les disputes.

—Mes amis, conclud-il : contre la vérité,

Sur une grande erreur chacun de nous se fonde,

Croyant devenir fort par quelqu'autorité.

On en trouve sur tout, comme pour tout le monde ;

Mais aussi, par bonheur, quoique leur nombre abonde,

La vérité simple, une, aux prolixes discours,

Aux systêmes trompeurs, doit survivre toujours.

L I X.

LA TAUPE ET QUELQUES ANIMAUX.

DE petits Animaux, légers et clairvoyans,

    Ne cherchant qu'à rire et s'ébattre,

S'exerçoient, sur leurs pieds, (ils en avoient tous quatre)

    Au Colin-Maillard s'amusans.

Une Souris, un Chien, un Renard avec eux :

    Déjà trois ; un Lièvre ensuite,

Jugaban una vez.

Un Perrillo, una Zorra
Y un ratou, que son tres;
Una Ardilla, una Liebre
Y un mono, que son seis.
Este á todos·vendaba
Los ojos, como que es
El que mejor se sabe
De las manos valer.

Oyó un Topo la bulla,
Y dixo : Pues pardiez
Que voi allá, y en rueda
Me he de meter tambien.

Pidió que le admitiesen;
Y el Mono mui cortes
Se lo·otorgó (sin duda
Para hacer burla de él.)

El Topó á cada paso
Daba veinte traspies,
Porque tiene los ojos
Cubiertos de una piel;

Y á la primera vuelta,
Como era de creer,
Facilísimamente
Pillan á su merced.

De ser gallina-ciega
Le tocaba la vez;
Y ¿ quien mejor podía

Un

Un Écureuil, un Singe. Allons, comptons bien vîte :
  Combien ? Le tout fait trois fois deux.

Le dernier, plus agile, et qui savoit le mieux
  De ses mains faire un bon usage,
Fut choisi justement, et d'un commun suffrage,
  Pour leur bander, à tous, les yeux.

Une Taupe, entendant le tapage qu'ils font,
  Se dit : — Je veux voir cette Fête.
J'en veux être, j'en suis. Quel plaisir je m'apprête !
  Allons, comme eux, me mettre en rond.

Elle accourt, se présente et dit : — De m'agréer,
  J'attends de vous la complaisance.
Le Singe, fin, poli : — Viens, avec assurance.
  (Espérant bien la bafouer.)

La voilà..... Tous ses pas sont des faux pas nouveaux;
  Bronchant et glissant tout ensemble.
Tant la Taupe imbécille, à l'Aveugle, ressemble
  Par ses yeux recouverts de peaux.

Et, dès le premier tour, on le conçoit très-bien,
  Sous les pieds, elle fut jettée.
Elle crie; elle veut, las ! toute maltraitée,
  Aller encor son pauvre train.

Lorsque son tour advint d'être Colin-Maillard,
  Alors, cela parut fort drôle.

        k

Hacer este papel?

 Pero él con disimulo,
Por el bien parecer,
Dixo al Mono : ¿Que hacemos?
Vaya ¿me venda Usted?
 Si el que es ciego y lo sabe,
Aparenta que ve,
¿Quien sabe que es idiota,
Confesará que lo es?

L X.

EL VOLATIN Y SU MAESTRO.

MIENTRAS de un Volatin bastante diestro
Un principiante Mozalbillo toma
Lecciones de bailar en la maroma,
Le dice : Vea Usted, Sennor Maestro,
 Quanto me estorba y cansa este gran palo
Que llamamos chorizo, ó contrapeso.
Cargar con un garrote largo y grueso
Es lo que en nuestro oficio hallo yo malo.
 ¿A qué fin quiere Usted que me sujete,
Si no me faltan fuerzas ni soltura?....
Por exemplo ¿este paso, esta postura
No la haré yo mejor sin el zoquete?

Qui mieux qu'elle , pourtant , pouvoit jouer ce rôle,
    Et l'abandonner le plus tard ?

On la vit affecter, alors, un air joyeux ,
    Hardi, pour cacher sa foiblesse,
Et s'adressant au Singe : — Allons , que ton adresse
    Se signale à bander mes yeux.

Celui qui n'y voit goute, et qui très-bien le sent,
    Ment, s'il feint d'avoir bonne vue.
En fait d'esprit, celui qui n'a que la brelue,
    A fortiori, comme il ment !

L X.

LE DANSEUR DE CORDE ET SON MAITRE.

Un Apprentif assez adroit,
Dans l'instant même qu'il reçoit
Leçon de Danse sur la corde,
Dit : — Mon Maître, ah ! je sens que je discorde,
En portant, à deux mains, ce long morceau de bois,
Nommé Balancier, fatigant contre-poids.
    Quoi ! toujours, toujours et sans cesse,
    Le niveler en timide Écolier !
    Cela me tourmente et me blesse
    Plus que tout, en ce beau métier.

Tenga Usted cuenta.... No es difícil.... nada....
Así decía; y suelta el contrapezo.
El equilibrio pierde.... A Dios! Qué es eso?
¿ Qué ha de ser? Una buena costalada.
  ¡ Lo que es auxilio juzgas embarazo,
Incauto Jóven! (El Maestro dixo :)
¿ Huyes del arte y método? Pues, hijo;
No ha de ser éste el último porrazo.

L X I.

EL SAPO Y EL MOCHUELO.

Escondido en el tronco de un árbol
Estaba un Mochuelo;
Y pasando no léjos un Sapo,
Le vió medio cuerpo.
  ¡ A de arriba, Sennor solitario!
Dixo el tal Escuerzo :
Saque Usted la cabeza, y veamos
Si es bonito, ó feo.
  No presumo de mozo gallardo,
Respondió el de adentro :
Y aun por eso á salir á lo claro
Apénas me atrevo;
  Pero Usted que de dia su garbo

Pourquoi donc exiger que je m'assujétisse
    A cet usage, à ce supplice ?
    Et sans bâton, et sans soutien,
Croyez-vous que ma force, ou plutôt mon adresse,
N'exécuteroit pas les grands tours de souplesse ?
    Tenez, voyez, remarquez bien
    Comme ma jambe est vive et sûre !
    Examinez cette posture.
    Jettant lors le balancier,
Il perdit l'équilibre, et le voilà par terre
    Tout de son long. Il se mit à crier :
Ouf!... Je me suis, hélas ! brisé plus d'une côte.
≈ Mais, aussi, n'est-ce pas vraiment par votre faute ?
Dit le Maître, ô jeune homme imprévoyant, hardi !
    De la règle vous faites fi.
Corrigez-vous, ou bien ce n'est pas la dernière
    Des chûtes qu'on vous verra faire.

LXI.

LE CRAPAUD ET LE HIBOU.

DANS le trou
    D'un arbre antique, un timide Hibou
    Dissimuloit son humble résidence.
Un Crapaud, dans les champs, tout gonflé d'insolence,
L'apostropha, voyant la moitié de son corps.

k 3

Nos viene luciendo,
¿ No estuviera mejor, agachado
En otro agujero?
   ¡ O qué pocos Autores tomamos
Este buen consejo!
Siempre damos á luz, aunque malo,
Quanto componemos :
   Y tal vez fuera bien sepultarlo;
Pero ¡ai, Compañeros!
Mas queremos ser públicos Sapos
Que ocultos Mochuelos.

L X I I.

EL BURRO DEL ACEITERO.

EN cierta ocasion un cuero
Lleno de aceite llevaba
Un Borrico , que ayudaba
En su oficio á un Aceitero.
   A paso un poco ligero
De noche en su quadra entraba ;
Y de una puerta en la aldaba
Se dió el golpaso mas fiero.
   Ai ! clamó : ¿ No es cosa dura
Que tanto aceite acarrée ,

—Mettez donc la tête dehors,
    Dit-il, farouche solitaire,
Que l'on puisse juger par où vous pouvez plaire.
    Êtes-vous laid. ou bien seriez-vous beau ?
Sans sortir de son tronc, le Hibou dit : = Crapaud !
Je ne me pique pas d'avoir charmant visage.
    Las ! mais aussi suis-je assez sage,
    Pour craindre du grand jour l'éclat.
    Quant à vous, qui tranchez du fat,
Et qui, hideux, rampant, prétendez, avec grace,
    Lever la tête et darder le venin,
    Vous auriez l'esprit bien plus sain,
Si, dans un trou caché, vous gardiez votre place.

Quel bon conseil perdu pour grand nombre d'Auteurs !
Tant on met de plaisir à produire en lumière,
Bon, passable ou mauvais, tout ce que l'on sait faire,
Quoiqu'il valût bien mieux l'ensevelir ailleurs.
    O mes amis ! chacun de nous préfère,
Au sort du Hibou, sage et jaloux du mystère,
    Qui jamais ne fut apperçu,
Le sort d'un Crapaud vil, noir, monstrueux, mais vu.

LXII.

L'ANE PORTEUR D'HUILE.

Il advint, certain soir, qu'un grand Ane, chargé
    D'Huile ; revenant du marché,

Y tenga la quadra obscura?
  Me temo que se mosquée
De este cuento quien procura
Juntar libros que no lée.
  ¿Se mosquéa? Bien está.
Pero este tál ¿ por ventura
Mis Fábulas leerá?

Et dans le magasin, rentrant d'un pas trop leste,
    Contre la porte se heurta
    Si bien, si fort, qu'il culbuta.
  Il jure, il pleure et s'écrie : — Hélas ! Peste !
    Peut-on trouver rien de plus dur
    Pour moi qui, sans cesse, charie
Tant d'Huile dont la Cave est au-delà remplie,
    Que de trouver mon gîte obscur ?

    Je crains beaucoup qu'il ne se fâche
De ce Conte. (Qui donc ?) Celui qui, sans relâche,
Livre sur Livre entasse, et sans en lire aucun ;
Mais non : à son humeur très-gaiment je me livre,
Que dois-je redouter, sinon le sort commun ?
    Jamais, il ne lira mon Livre.

LXIII.

LA CONTIENDA DE LOS MOSQUITOS.

DIABÓLICA refriega
Dentro de una bodega
Sé trabó entre infinitos
Bebedores Mosquitos.
(Pero extrañno una cosa :
Que el buen Villaviciosa
No hiciese en su *Mosquea*
Mencion de esta peléa.)
   Era el caso que muchos
Expertos y machuchos
Con teson defendían
Que ya no se cogían
Aquellos vinos puros,
Generosos , maduros ,
Gustosos y fragantes
Que se cogían ántes·
   En sentir de otros varios ,
A esta opinion contrarios,
Los vinos excélentes
Eran los mas recientes ;
Y del opuesto bando
Se burlaban , culpando
Tales ponderaciones

LXIII.

LA DISPUTE DES MOUCHERONS.

D'IVROGNES Moucherons, une troupe effrénée
Se livroit follement une guerre acharnée.
Mais que je suis surpris !. Villaviciosa,
Décrivant leurs hauts faits , jamais ne s'avisa
      De nous peindre cette journée.
Voici le fait. Plusieurs savans dégustateurs ,
      Bons gourmets, et vrais connoisseurs
En Vins fins, généreux, et d'anciennes cuvées,
Avançoient, prétendoient, soutenoient, mordicus,
Que, dans ce tems, on ne récoltoit plus
Les Vins forts, secs et murs des Vendanges passées.
L'opinion contraire avoit des partisans.
Pour eux , les Vins d'alors étoient seuls excellens.
     Ils plaisantoient, traitoient de têtes folles ,
En faveur du vieux tems, les faiseurs d'hyperboles.
L'un et l'autre parti bourdonnent en fureur.
Tous, plongeant dans la cuve, y puisent leur ardeur.
      Bientôt ils l'eussent épuisée,
-Quand un vieux Moucheron, vénérable buveur,
Vient, et veut terminer cette querelle usée.
                k 6

Como declamaciones
De apasionados Jueces,
Amigos de vejeces.
  Al agudo zumbido
De uno y otro partido
Se hundía la bodega :
Quando héteme que llega
Un anciano Mosquito,
Catador mui perito:
  Y dice, échando un taco :
Por vida del Dios Baco....
(Entre ellos ya se sabe
Que es juramento grave :)
Donde yo estói, ninguno
Dará mas oportuno
Ni mas fundado voto.
Cese ya el alboroto.
A fe de buen Navarro,
Que en tonel, bota, ó jarro,
Barril, tinaja, ó cuba
El xugo de la uva
Difícilmente evita
Mi cumplida visita;
Y en esto de catarle,
Distinguirle, y juzgarle
Puedo poner escuela
De Xerez á Tudela,
De Málaga á Peralta,

Des fiers buveurs, suivant les anciens us,
  Il jure ; mais c'est par Bacchus.
— Foi de bon Navarrois, dit-il, mieux que personne,
Je puis aprécier le Vin vieux ou nouveau,
Que renferme une cruche, un baril, un tonneau,
Une outre, une bouteille, une cuve, une tonne.
  A mon goût délicat et fin,
Rien n'échappe. Il saisit, il distingue, il décide
Tout ce qu'on doit penser sur le jus du raisin
  Trop liquoreux ou trop acide.
  Je suis un connoisseur, enfin,
Si parfait, que je puis, de Tudell a Peralte,
De Péralte à Porto, de Porto jusqu'à Malte,
Établir une École, et tout haut professer,
Que ce fut en tout tems une erreur, de penser
A compter par les ans, le dégré de mérite
  Du Vin, sur-tout s'il est d'élite.
  L'âge, il est vrai, confirme sa bonté ;
Mais qu'y fait-il, s'il n'est de bonne qualité ?
De plus, au tems jadis, comme en ce siècle même,
Les Vins les plus flatteurs, trop long-tems ménagés,
En Vinaigre âcre, hélas ! se sont trouvés changés.
Tandis qu'un Vin sortant, oui, de la Cuve même,
Nous procure un plaisir que l'on peut dire extrême,
Plaisir qui le dispute aux Vins les plus exquis,
  Et fussent-ils les plus vieillis.
Gardés, de nos Neveux, ils feroient les délices.
A tous donc, à chacun, je dis : que tu finisses.

De Canarias á Malta,
De Oporto á Valdepennas.
Sabed, por estas sennas,
Que es un gran desatino
Pensar que todo vino
Que desde su cosecha
Cuenta larga la fecha,
Fué siempre aventajado.
Con el tiempo ha ganado
En bondad : no lo niego;
Pero si él desde luego
Mal vino hubiera sido,
Ya se hubiera torcido :
Y, al fin, tambien había,
Lo mismo que en el dia,
En los siglos pasados
Vinos avinagrados.
Al contrario, yo pruebo
A veces vino nuevo
Que apostarlas pudiera
Al mejor de otra era :
Y si muchos Agostos
Pasan por ciertos mostos
De los que hoi se reprueban,
Puede ser que los beban
Por vinos exquisitos.
Los futuros Mosquitos.
Basta ya de pendencia;

Plus de dispute. En dernier résultat ,
Je juge qu'on doit fuir tout Vin ou sur ou plat ;
Mais , sans s'inquiéter s'il est vieux ou moderne ,
Ou s'il est de Bourgogne , ou s'il vient de Phalerne ,
Le boire, s'il est bon : on n'est ni sot ni fat.

Des milliers de Docteurs, dans leurs vifs entretiens ,
Pour les modernes sont, ou sont pour les anciens.
    Chaque Parti paroît infatigable ;
    C'est un Procès éternel, nous dit-on.
    Pour moi, je le crois terminable,
En le fesant juger par le grand Moucheron.

Y por final sentencia
El mal vino condeno;
Le chupo quando es bueno,
Y jamas averiguo
Si es moderno, ú antiguo.
    Mil Doctos importunos,
Por lo antiguo los unos,
Otros por lo moderno,
Sigan litigio eterno.
Mi texto favorito
Será siempre el Mosquito.

LXIV.

LA RANA Y LA GALLINA.

Desde su charco una parlera Rana
Oyó cacaréar á una Gallina.
Vaya! (la dixo :) no creyera, hermana,
Que fueras tan incómoda vecina.
Y con toda esa bulla ¿qué hai de nuevo? —
Nada, sinó anunciar que pongo un huevo. —
    ¿Un huevo solo? Y alborotas tanto! —
Un huevo solo; sí, Señora mia.
¿Te espantas de eso, quando no me espanto
De oirte como graznas noche y dia?
Yo, porque sirvo de algo, lo publico;
Tú, que de nada sirves, calla el pico.

LXIV.

LA GRENOUILLE ET LA POULE.

Une Grenouille, ah ! des plus babillardes,
De son Marais, entendit caqueter
Une Poule qu'on doit justément excepter
　　　　Du nombre des Poulardes.
— En vérité, dit-elle, eussé-je pû prévoir
　　　Que ta voix fût si fatigante ?
　　Tout ce bruit-là, que veut-il annoncer ?
Que dit-il de nouveau ? Qu'est-ce que cela chante ?
— Ce n'est pas, il est vrai, quelque chose de neuf.
J'annonce seulement que j'ai pondu mon œuf.
— Un œuf ! Pour un seul œuf, un aussi grand tapage !
— Sans-doute, pour un seul : pourquoi donc t'étonner ?
　　　　Moi, je devrois m'étonner davantage :
J'entends, sans murmurer, la musique sauvage
Que, nuit et jour, ta voix se plaît à détonner.
　　　Ce que je fais étant vraiment utile,
　　　Avec raison, je puis le célébrer.
　　　Toi, pour le bien, en tout temps inhabile,
　　　Tu dois te taire et ne point censurer.

LXV.

EL ESCARABAJO.

TENGO para una fábula un asunto,
Que pudiera mui bien....; pero algun dia
Suele no estar la Musa mui en punto.

Esto es lo que hoi me pasa con la mia;
Y regalo el asunto á quien tuviere
Mas despierta que yo la fantasia:

Por que esto de hacer fábulas requiere
Que se oculte en los versos el trabajo,
Lo qual no sale siempre que uno quiere.

Será, pues, un pequenno Escarabajo
El heroe de la fábula dichosa,
Porque conviene un heroe vil y baxo.

De este insecto refieren una cosa:
Que, comiendo qualquiera porquería,
Nunca pica las hojas de la rosa.

Aquí el Autor con toda su energía
Irá explicando como Dios le ayude
Aquella extraordinaria antipatía.

La mollera es preciso que le sude
Para insertar despues una advertancia
Con que entendamos á lo que esto alude.

LXV.

LE SCARABÉE.

J'ai bien trouvé le sujet d'une Fable
D'un sens très-vrai..... Mais il est des momens
    Où la Muse est peu favorable :
    C'est ce qu'aujourd'hui je ressens.
    De bon cœur donc, je le lui cède
      Ce neuf et beau sujet,
    A celui-là qu'Apollon aide,
Dont la verve est plus vive, et l'esprit est plus net.
Dans l'art du Fabuliste, il est un point habile,
Celui de bien voiler, sous un rithme facile,
    Un objet moral, qui souvent
    N'en sort pas bien heureusement.
Soit donc un Escargot, le héros de ma Fable,
Insecte vil et bas, ici très-convenable.
   Sur ce petit et vilain animal,
    Depuis long-tems, on rapporte une chose.
De tout sale aliment, il se fait un régal,
Et ne toucha jamais les feuilles de la Rose.
Maintenant, j'abandonne à l'auteur plus heureux,
Le soin de déployer tout entier son génie,
    Pour expliquer, bien secouru des Dieux,
    Cette étonnante antipathie.

Y, segun le dictare su prudencia,
Echará circunloquios y primores,
Con tal que diga en la final sentencia:
    Que así como la Reina de las flores
Al sucio Escarabajo desagrada,
Así tambien á Góticos Doctores
Toda invencion amena y delicada.

LXVI.

EL RICOTE ERUDITO.

Hubo un Rico en Madrid (y aun dicen que era
Mas necio que rico)
Cuya casa magnífica adornaban
Muebles exquisitos.
    ¡ Lástima que en vivienda tan preciosa,
(Le dixo un Amigo)
Falte una librería! bello adorno,
Util y preciso.
    Cierto (responde el otro :) ¡ Que esa idéa
No me haya ocurrido!....
A tiempo estamos. El salon del norte
A este fin destino.
    Que venga el Ebanista, y haga estantes
Capaces, pulidos,
A toda costa. Luego tratarémos

Ce qui sur-tout devra l'évertuer,
Et même au point de le faire suer,
C'est d'ammener une belle pensée
Qui porte, en cette occasion,
La juste allusion,
Sans-doute desirée.
Il lui faudra bien consulter,
Et son talent et sa prudence.
Je lui conseille d'inventer
Des tours ingénieux d'une noble élégance,
Pour présenter, enfin, comme conclusion,
Cette sage réflexion.

Ainsi que la Reine des Fleurs,
Pour le lourd Escargot, n'offre rien qui le flatte ;
De même, pour nos lourds Docteurs,
Est toute invention brillante et délicate.

LXVI.

LE RICHARD DEVENU ÉRUDIT.

CERTAIN homme, à Madrid, d'une extrême opulence
Et très-conséquemment, d'une extrême ignorance,
Occupoit un Hôtel superbe, fastueux,
Où chaque meuble étoit recherché, somptueux.
—Vraiment, c'est bien dommage

De comprar los libros. _

Ya tenemos estantes. Pues, ahora,
(El buen Hombre dixo :)
¡ Echarme yo á buscar doce mil tomos!
¡ No es mal exercicio!

Perderé la chaveta, saldrán caros,
Y es obra de un siglo....
Pero ¿ no era mejor ponerlos todos
De carton fingidos?

Ya se ve : ¿ por qué nó? Para estos casos
Tengo un Pintorcillo :
Que escriba buenos rótulos, é imite
Pasta y pergamino.

Manos á la labor. Libros curiosos
Modernos y antiguos
Mandó pintar, y, á mas de los impresos,
Varios manuscritos.

El bendito Sennor repasó tanto
Sus tomos postizos,
Que, aprendiendo los rótulos de muchos,
Se creyó Erudito.

Pues ¿ qué mas quieren los que sólo estudian
Títulos de libros,
Si con fingirlos de carton pintado
Les sirven lo mismo?

Qu'une telle habitation ,
Si digne d'admiration,
Lui représente un ami sage,
Soit sans Bibliothèque, enchanteur ornement,
Autant utile qu'agréable.
— Oui, vous avez raison. Je ne sais pas comment,
Dans ma tête, n'est point passée
Cette magnifique pensée.
Mais il est encor temps de réparer mon tort,
Et je mets cet objet dans mon Salon du Nord.
Vite, que l'Ébéniste y place des tablettes
D'un bois rare et poli, spacieuses , bien faites.
Je ne calcule point ce qu'il en peut coûter.
Les livres?... Nous verrons s'il faut en acheter.
Les tablettes, déjà, sont toutes à leur place.
— Mais, à présent, que faut-il que je fasse ?
Dit le bon-homme. Il convient de chercher
Des Volumes, au moins de dix à douze mille.
Il me faudroit courir toute la Ville,
Pour les trouver, et les payer bien cher.
Après un siècle au moins d'attente,
Cette occupation me paroît fatigante,
Et, j'en conviens, mon esprit paresseux
En prend de l'épouvante.
Ne vaudroit-il pas mieux
Fabriquer, promptement, la forme et la figure
De Livres en carton, recouverts de peinture ?
J'ai, sous la main, un Peintre industrieux ,

LXVII.

LA VIBORA Y LA SANGUIJUELA.

AUNQUE las dos picamos, (dixo un dia
La Vibora á la simple Sanguijuela)
De tu boca reparo que se fia
El hombre, y de la mia se rezela.
　La Chupona responde : Yá, querida;
Mas no picamos de la misma suerte :
Yo, si pico á un enfermo, le doi vida :
Tú, picando al mas sano, le das muerte.
　Vaya ahora de paso una advertencia :
Muchos censuran, sí, Lector benigno;
Pero á fe que hai bastante diferencia
De un Censor útil á un Censor maligno.

Qui m'écrira l'étiquette agréable
De tout Livre estimé dans l'Histoire et la Fable,
Le voilà qui choisit les Livres curieux.
Anciens, Modernes, tout, pêle-mêle il compile.
Il veut même qu'on place, au travers de la file,
Nombre de Manuscrits, peints fraichement en vieux.

   Après cela, le Gentilhomme
   Regarde, admire, et même lit,
Par tant de fois, au dos de chaque tôme,
   Qu'il se croit vraiment Erudit.

   Mais que font-ils donc davantage,
  Ces Amateurs, ramassant tout Ouvrage,
Et par le titre seul, décidant s'il est bon ?
   Autant vaudroit, pour leur usage,
   Des Livres peints sur du carton.

LXVII.

LA VIPÈRE ET LA SANGSUE.

Toutes deux, nous piquons, dit un jour la Vipère
A la pauvre Sangsue, et j'ignore comment,
Pourquoi tout homme endure aussi patiemment
Le mal que fait ta bouche, et prend de la colère,
Quand de la mienne il sent la piqûre légère ?
Celle-ci lui répond : = Apprenez votre tort :

1

Nous piquons toutes deux , non de même manière :
Un Malade , par moi, recouvre la lumière ,
Et l'Homme le plus sain, par vous reçoit la mort.

Ce Conte fait en l'air , cher Lecteur , vous démontre
Que si , dans son chemin , trop souvent on rencontre
Tant et tant de Censeurs, l'homme honnête et pensant
Doit savoir discerner l'utile du méchant.

F I N.

(243)

TABLE.

l 2

(247)

FIN DE LA TABLE.

E R R A T A.

Fable II. Pag. 17. Après ce vers :

— Voyez, Monsieur le Ver-à-soie ;

Mettez celui-ci :

Prêtez-moi grande attention.

Fable VIII. Pag. 43, lig. 3 : sôt, lisez sot.

www.ingramcontent.com/pod-product-compliance
Lightning Source LLC
Chambersburg PA
CBHW061427030726

47503CB00005B/1326